딸에게 쓰는 연애편지

나는 너의 인생을
만나고 싶다

미래타임즈

차례

■ 첫 번째 편지 ■
인생에서 중요한 것

■ 두 번째 편지 ■
너의 어리광을 받아주지 않는 걸 이해해 주렴

■ 세 번째 편지 ■
네가 있기에 나는 늙는 게 두렵지 않다

차례

■ 네 번째 편지 ■
너와 함께 세상을 바라보다

딸에게 쓰는 연애편지
-장따춘

 이 책의 저자 양자오는 최근 몇 년에 걸쳐 참으로 많은 책을 펴냈다. 마흔을 넘긴 저자는 자신이 경험한 거의 모든 영역에서 자신의 폭넓고 깊은 생각을 이해하기 쉬운 글로 풀어내고 있다. 나는 이미 '모르는 것이 있으면 양자오에게 물어보는' 습관이 생겼을 정도다. 그래서 그의 의견 중의 어느 대목이 어느 책에서 언급되었는지 자주 헷갈리곤 한다.

 아주 특별한 이 책은 한 권의 '연애편지'다. 저자는 대담하게도 공공연히 아내가 아닌 다른 여자에게 자신의 속마음을 털어놓는다. 그는 이 글에서 현실을 반성하기도 하고 기억을 헤집기도 하며 희망찬 미래를 기대하기도 한다. 편지 속에 흐르는 다정다감함과 쓸쓸함은 사랑에 빠진 이가 아니라면 표현할 수 없는 것들이다. 『길을 잃은 시(迷路的诗)』에 이어 양자오는 또 한 번 자신의 박학다식한 언변은 살짝 내려놓고 딸에게 자기 자신의 이야기를 쉽게 풀어 흥미진진하게 들려준다.

 양자오가 직접 느끼고 깨달은 바에 따르면 '수다스러운 이야기'야말로 '만남'의 본질이다. 그는 끊임없이 이어지는 이야기들을 통해 자신의 청춘을 고백함과 동시에 딸이 성장해 온 길을 되돌아본다. 그는 진심으로 딸과 '공통의 관심사'를 갖고 싶어 하며, 진심으로 딸에게 '나의 경험, 나의 지식'을 알려주고 싶어 한다.

중산베이 길을 걷던 그날이 기억나는구나. 아마도 그때가 가을이었을 거야. 바람은 불었지만 아직 추운 느낌은 없었어. 하지만 바닥에 쌓여 있던 낙엽들은 바람에 휙휙 날렸지. 그때 아빠의 바이올린 선생님이 이런 말씀을 하셨단다. "저들은 지금 너에게 말하고 있는 거야. 알겠니? 하이든, 모차르트, 베토벤, 파가니니, 비에니아프스키, 이 사람들이 지금 네게 말하는 소리가 들리니? 그들이 하는 말을 이해하면 그들의 음악을 어떻게 연주해야 할지도 알 수 있을 거야."

– '두 번째 편지' 중에서

바이올린 선생님이 자오양에게 이 말을 했을 때 그는 대략 지금 리치루이(李其叡) 정도의 나이였다. 딸은 그녀의 아버지가 일찍이 자신의 경험과 지식을 나누어 주겠다고 했던 약속 외에도 이 글을 통해 또 다른 사실을 전하고 있다는 걸 어렴풋이 느꼈을 것이다. 바로 바이올린이 피아노에게 "내 모든 것은 전부 다 너를 위해서야!"라고 선포했던 것처럼 아버지의 모든 것은 자신을 위한 것이라는 사실을 말이다.

이런 말은 위대한 문인 푸레이(傅雷)나 량치차오(梁启超)조차 할 수 없는 표현이다.

성장한 것은 딸뿐만이 아니었다

처음 생각은 12통의 긴 편지를 써서 나중에 딸이 크면 읽어주자는 것이었다. 그때 딸아이는 세 살을 조금 넘긴 나이였으니 당연히 내가 무엇을 쓰는지 딸아이는 이해할 수도 없었다. 마치 유리병 속에 넣어 바다에 던진 '병 편지'처럼 오랜 세월 동안 파도와 부침(浮沈)을 겪고 처음으로 세월의 언덕을 알게 된 딸에게 주어 그 애가 어렸을 때 아빠가 딸의 인생에 대해 어떻게 상상하고 기대했는지를 알려주고 싶었다.

이미 편지에 쓸 12개의 주제도 생각해 놓았다. 이 주제에는 당연히 나 자신의 성장 과정에서 쌓인 관심사·글·독서·음악·여행·고전·자연 등이 포함되었다. 편지 몇 통은 거의 다 썼고 서두를 뗀 편지도 책상 위에 몇 통 놓여 있었다.

그러나 그 편지들은 책상 위에 방치되었다. 이 편지들을 계속 써 나갈 동력을 잃었기 때문이다. 내가 실제로 딸과 자주 어울리게 되면서 저 세월의 언덕에 꿋꿋하게 또는 방황하며 서 있을 미래의 딸을 떠올릴 필요가 없어졌던 것이다.

2008년 초등학교 3학년이 된 딸은 질문이 많아졌고 어떻게든 그 질문에 대한 해답을 얻어내고야 말겠다고 고집을 부리곤 했다.

딸이 질문을 하면 나는 자연스럽게 이렇게 반응했다.

"어, 이건 아빠가 말해 줘도 네가 이해 못 해."

그러면 딸은 "말해 봐요. 이해 못 해도 괜찮아."라고 대답했다.

딸의 질문은 대부분이 삶의 의미와 관련된 것들이었다. 딸에게 수차례 질문을 받으면서 나는 딸이 물어보지 않더라도 감명을 받은 일이 있으면 무조건 딸에게 설명해 주는 습관이 생겼다. 딸이 알아듣는지 못 알아듣는지는 정말로 신경 쓰지 않았다.

물론 딸아이가 당장 내 말을 이해할 수 없었기에 나는 펜을 들어 딸에게 했던 이야기나 마음속으로만 되뇌던 생각들을 기록해 나갔다. 이렇게 3년 정도 기록하다 보니 딸은 올여름 초등학교를 졸업하게 되었고, 딸을 위해 쓴 기록도 책 한 권의 분량이 되었다.

딸에게 동의를 구하고 아이 엄마의 도움을 받아 책 제목을 정한 다음, 수년간 부지런히 찍어 온 사진들을 덧붙이자 처음으로 우리 세 식구가 합작해서 만든 이 책이 완성되었다.

처음부터 다시 그 글을 읽어 보니 그 안의 내용은 예전에 쓰려 했던 12통의 편지 주제에서 벗어나지 않았다.

글·독서·음악·여행·고전·자연 등……

하지만 그 형식은 원래의 독백 형태에서 대화 형태의 기록으로 바뀌었고, 그 덕분에 나 혼자 쓴 글에서는 찾을 수 없는 재미가 더해졌다. 이는 딸의 공로이자 딸이 내게 준 영향이다. 이제 보니 요 몇 년간 성장한 것은 딸뿐만이 아니었다.

■ 첫 번째 편지 ■

인생에서 중요한 것

인생을 위한 준비

그해 단풍잎이 떨어지던 가을밤을 기억하니? 어쩌면 네 기억 속엔 단풍잎과는 상관없는 일들만 남았을지도 모르겠구나.

여행 마지막 날, 아직 꿈나라에 있는 너를 깨워서 옆 객실로 안고 갔지. 그때 친절한 아저씨 한 분이 우리 둘의 사진을 찍어 주었단다. 규슈 오이타 현에서 온 이 아저씨 부부는 난젠지(南禪寺) 근처에 있는 우리와 같은 여관에 묵고 있었어. 그래서 매일 아침 식사 시간에 마주칠 때마다 공손하게 서로 몇 마디씩 나누곤 했지. 그들 부부는 우리가 타이완에서 온 걸 알고 있었는데, 그들은 네가 자기들이 보아왔던 아이들 중에서 가장 귀여운 세 살짜리 꼬마라고 생각했단다.

그래서 헤어지기 전에 꼭 네 사진을 찍어 기념으로 간직하고 싶다고 했어. 정성스레 확대해서 보내온 그 사진은 지금 책꽂이에 꽂혀 있단다.

기억나니? 너는 사진 속 파란 바탕에 하얀 땡땡이 무늬가 있는 외투를 싫어했단다. 그 옷을 입히려고 할 때마다 네가 떼를 쓰는 바람에 애를 먹곤 했지. 그 밖의 다른 일은 기억나지 않는구나.

다카야마(高山)에 갔을 때 엄청나게 긴 돌계단이 있었단다. 너는 조그만 발걸음을 옮겨서 혼자 힘으로 용감하게 그곳을 올라갔지. 아빠한테 안아 달라고 하지도 않았어! 그때 우리 옆을 지나가던 일본 아주머니들이 너의 씩씩한 모습을 보고 다가와서 '파이팅!' 하고 응원해 줬지.

너도 잘 알고 있는 이 이야기는 사실 네 스스로가 기억한 것이 아니라 엄마아빠가 너에게 말해 준 거란다. 스무 곳에 달하는 유명한 관광지도, 다채로운 자태와 색깔을 뽐내던 단풍도 너는 나중에 사진을 보고서야 알게 되었지.

재밌는 얘기 하나 해 줄까? 교토에 도착한 첫날 우린 기차역 근처 호텔에서 하룻밤을 묵었단다. 그리고 이튿날 아침 일찍 택시를 타고 난젠지 근처의 그 독특한 분위기가 있는 여관으로 향했어. 그때 택시기사가 네 나이를 물었단다. 네가 세 살이라고 대답하자 택시기사는 이렇게 말했어.

"일본에는 '세 살 때 눈으로 본 것은 여든 살이 되어서도 잊지 않는다'는 속담이 있지요!"

이제 와서 생각해 보니 그 속담은 사실이 아니라 사람들의 희망 사항을 애기했던 것 같다. 너뿐만 아니라 나 역시 세 살 때의 일은 아무것도 기억나지 않는단다. 우리가 아는 사람들 중에서도 자기가 세 살 때의 일을 기억하는 사람은 거의 없지. 아니면 여든 살이 되면 신기하게도 어린 시절 두 눈에 담아두었던 기억들이 갑자기 모조리 떠오르게 되는 걸까?

그런 일은 아마도 일어나지 않을 거야. 이게 바로 잔혹한 인생의 진실이란다. 세 살 되던 해에 너는 교토에 갔었고, 그곳에서 아름다운 단풍도 보았어. 그러나 그때 너의 감각과 기억력은 아직 준비가 덜 되어 있었지. 그래서 그 아름답던 단풍조차 네 인생에 깊고 구체적인 영향을 주지 못했단다. 그해 너는 교토, 아라시야마(嵐山), 다카야마에 갔었지만 이 장소들이 네 삶에 스며들어 네 인생의 일부가 되지는 못했어.

이 경험은 줄곧 내 마음속에 남아 깨달음과 경각심을 준단다. 인생의 경험은 우리가 어딜 가서 무엇을 보았는지에 달린 것이 아니라 우리의 내적 감각과 기억력이 얼마나 준비되었는지에 달려 있다는 것을 말이야. 인생의 풍요로움은 외적인 환경보다는 자신이 내적으로 그 환경들을 받아들이고 소화시킬 준비가 되었는지 그 여부와 훨씬 더 밀접한 관련이 있단다.

마음의 눈이 없는 사람들은 루브르 궁전에 가서도 자신의 인생에 아무런 변화를 일으키지 못하지. 마음의 귀가 없는 사람들

또한 음악회에서 음악을 들어도 어떠한 감동이나 즐거움도, 전율도 느낄 수가 없어. 많은 사람이 내면의 준비가 덜 되어 있기 때문에 타인의 고통이나 흥분, 기쁨에 공감하지 못한단다. 사람들은 저마다 이 세계와 각기 다른 관계를 맺으며 살아가고 있지. 아빠는 네가 일찌감치 내면의 준비를 마치고 자유롭게 살기를 바란다. 세상의 다채로움이 너의 감각기관과 상상력을 통해 네 인생을 풍요롭게 변화시켰으면 좋겠구나.

아빠는 너를 높이 들어 올려서
네가 더 많은 것을
더 똑똑히 보기를 바랐단다.

수많은 기쁨의 가능성

그날 장롱과 장이의 집에 가는 길에 뒷좌석에 앉아 있던 네가 갑자기 이렇게 말했어.

"시간이 이대로 멈췄으면 좋겠다!"

그러니까 친한 친구들과 오후 내내 함께 놀기를 기대하는 그 순간이 너에게는 가장 아름다운 시간이었던 게지. 기대하던 순간이 바로 눈앞에 있을 때, 그때야말로 아직 써버리지 않은 완전한 즐거움을 느낄 수 있기 때문이지. 막상 친구 집에 가서 놀기 시작하면 시간은 계속해서 흘러갈 것이고, 그렇게까지 즐겁진 않을 테니까 말이야.

솔직히 말해서 아빠는 네가 친구들과 놀 때의 즐거움을 진심으로는 이해하지 못한단다. 너희 셋은 항상 이상한 게임이나 하고 조심성 없이 놀다가 금세 다투곤 하니 말이야. 하지만 네가 즐거워하는 것만큼은 분명히 느낄 수 있지. 특히 네가 즐거운 시간을 소중히 여기는 마음은 확실히 느낄 수 있단다. 우리가 제대로 이해할 수 없는 즐거움을 함께 느끼게 되는 것, 아빠는 이것이야말로 누군가를 사랑할 때 얻게 되는 가장 큰 수확이라고 생각한단다.

사랑은 우리로 하여금 자아를 확장시키고, 사랑하는 사람에게 주의를 기울이게 만들지. 그래서 그 사람의 희로애락이 동시에 우리의 희로애락으로 변한단다.

아빠가 너의 성장하는 모습을 보면서 가장 많이 배운 것은 바로 수많은 기쁨의 가능성이란다. 아빠는 네가 그렇게 쉽게 기뻐하는 걸 보면서 자주 놀란단다. 게다가 너는 주위 사람들의 기분이 어떻든 상관없이 항상 너의 기쁨을 아낌없이 표현하지. 그래서 아빠는 너의 기쁨을 통해 원래는 내 것이 아닌 또 다른 기쁨을 얻게 된단다.

모든 사람, 모든 생명은 반드시 자신의 한계를 가지고 있어. 특별히 발달한 감각도 있고 상대적으로 둔한 감각도 있을 거야. 어떤 일은 빠르고 민첩하게 이해하면서 어떤 일에는 어찌할 도리가 없다고 여기지. 그래서 우리의 즐거움도 똑같은 제약을 받는단다. 자신의 정해진 틀 안에 살면서 자기가 이해할 수 있는 일에서만 즐거움을 찾게 되는 거야. 자신의 조그만 틀 밖은 다른 사람의 세계이기 때문에 우리는 흐릿한 그곳을 바라보며 거리감과 당혹감을 느끼지. 그렇다고 자기의 틀 안에서만 살면 수많은 감정 중에서 그지 아주 작은 부분밖에 느낄 수 없단다.

하지만 우리를 이 작은 틀에서 아주 쉽게 벗어나게 해주는 힘을 갖고 있는 것이 있단다. 그건 바로 사랑이지.

사랑이 뭘까?

아빠 생각에 사랑은 사랑하는 사람의 즐거움을 함께 느끼는 것이 아닐까싶다. 사랑하는 사람의 즐거움을 나 자신의 즐거움보다 더 중요하게 여기고, 상대방의 즐거움을 위해서라면 자신의 즐거움을 희생하는 것이지. 아니, 여기에서 '희생'이란 말은 별로 어울리지 않는구나. 다시 말하면, 사랑하는 사람의 즐거움을 느끼기 위해 기꺼이 자기 몫의 즐거움을 줄이는 것이지.

어떻게 기꺼이 그렇게 할 수 있는 걸까? 그게 이익이니까 그렇지! 사랑하는 사람에게서 느끼는 즐거움이 자신의 즐거움에서 느끼는 즐거움보다 더 강렬하니까!

너의 아이다운 즐거움은 원래는 이 아빠가 더 이상 느낄 수 없는 것이지. 하지만 그 즐거움은 너의 것이고 아빠가 너를 사랑하기 때문에 이미 아빠의 인생에서 3,40년은 멀어졌던 그 기쁨이 또다시 아빠에게로 돌아온 거야. 아빠는 마음 속 깊이 감사함을 느낀단다. 사랑할 수 있어서, 내 곁에 있는, 나와 이렇게도 다른 생명에게 내 사랑을 줄 수 있어서, 그 덕분에 내가 수많은 기쁨을 더 얻게 되었으니 말이야. 게다가 네가 성장하는 과정에서 아빠는 너의 눈과 몸을 통해 아주 다른 세계를 발견할 수 있을 테니까. 아빠는 네가 사랑을 알고, 사랑을 통해 스스로 인생을 확장할 수 있는 사람이 되었으면 한다. 그러면 너는 네 자신의 경험뿐만 아니라 진정한 사랑을 통해 다른 사람들의 경험까지도 끝없이 받아들일 수 있게 될 거야.

그렇게 얻은 자산은 집이나 학교에서 네게 주었던 것들을 훨씬 뛰어넘는단다. 자기의 즐거움을 느끼는 건 작은 즐거움일 뿐이야. 다른 사람의 즐거움을 함께 느끼고 다른 사람의 즐거움에 공감하며 다른 사람의 즐거움을 추구하는 것, 이것이야말로 가장 큰 즐거움이지!

일본에 갔을 때
네가 직접 고른 나무인형이란다.
이 인형을 바라보며 어찌나 기쁘게 웃던지…….

자신의 생활을
책임지는 즐거움

　너의 여름방학이 시작되던 날, 수료식이 끝날 무렵 아빠는 너희 학교로 너를 데리러 갔단다. 그때 네가 받았던 상장과 성적표를 빠르게 훑어보고 나서 우리는 여름방학에 무슨 일을 할 것인지 의논하기 시작했지. 너는 엄마가 널 다른 보습학원에 보내지 않을 거라고 확신하면서 신바람 나게 계획을 세우기 시작했어.

　너는 스스로 매일 4시간씩 피아노 연습을 하고 영어책을 읽고 수영도 하겠다고 말했지. 그때 아빠는 학교 선생님이 내 준 여름방학 숙제 중에는 중국어로 된 책을 선택해서 총 800쪽 읽기와 독후감 3편 쓰기도 있다고 네게 얘기해 줬어.

　그러자 너는 손을 내저으며 말했지.

"그게 뭐 어려운가?"

아빠는 또 너에게 아침 일찍 일어나서 아빠와 함께 산책하는 건 어떠냐고 물었지. 평소에는 아침 6시에 일어나는데도 네 점심 도시락을 싸 주랴, 너를 학교에 데려다 주랴 바빠서 운동할 틈이 없었거든. 그런데 이제 네가 방학을 맞이했으니 아빠가 똑같이 6시에 일어나면 한 시간 정도의 여유가 생기겠지!

너는 재빨리 아침 산책도 여름방학 계획에 포함시켰어. 아침에 일어나면 먼저 산책을 하고 집에 돌아와서 아침을 먹고, 그 다음에 두 시간 동안 바이올린 연습을 하고 중간에 쉬면서 책을 읽고, 오후에 또다시 두 시간 동안 바이올린을 연습한 다음, 저녁이 되면 수영을 하러 가고, 수영이 끝나면 집에 와서 자는 거야!

참으로 훌륭한 계획이었지. 그때 아빠는 미소를 띤 채 네 계획을 들으면서 아빠의 어린 시절을 떠올렸단다. 여름방학이 돼서 가장 좋았던 건 늦잠을 잘 수 있다는 것도, 수업을 듣거나 시험을 치를 필요가 없다는 것도 아니었어. 아빠는 남의 간섭을 받지 않고 내 스스로가 내 생활 계획을 짤 수 있다는 점이 가장 좋았어.

네 나이 때 아빠의 여름방학 계획은 너보다도 더 바빴단다. 아빠는 5시 반에 일어나서 집에 있는 계단을 스무 번 오르내린 다음, 가게에 가서 아버지를 도와 옷 만드는 데 필요한 재료를 정리해 드리고 용돈을 벌 계획이었단다. 그리고 누나들과 번갈아 가면서 하루는 밥을 짓고 하루는 청소를 하고 하루는 쓰레기를 버리고 또 하루는 밖에 나가 빵과 얼음을 사오기로 했지. 매일 시간을 정해서 보고 싶은 재밌는 책을 읽고 또 다른 시간에는 어렵고 이해하기 힘든 책을 읽기로 했어. 매일 최소한 한 시간 정도는 바이올린 연습을 하고 말이야. 남은 시간에는 5층 옥상에 올라가서 벽에 대고 숏 연습을 하거나 친구들과 함께 자전거를 타고 모험을 떠나기로 했지.

아빠는 그렇게 아빠 시간을 빽빽하게 채워 넣었단다. 이제 막 완성한 시간표를 바라보면(그 위에 그림을 그릴 때도 있었단다) 기쁘기도 하고 뿌듯하기도 했지. 다시 생각해 보니 사실 방학뿐만이 아니라 개학한 뒤에도 아빠는 똑같은 기쁨을 누렸단다. 긴 시간을 들여서 새 학기에는 무엇을 할 건지 무엇을 할 수 있는지를 계획했지.

너무 훌륭하고 완벽한 계획의 유일한 단점은 바로─실행하기가 너무 어렵다는 거야! 며칠 안 가서 계획했던 일들을 조금씩 빼먹기 시작하다가 2,3주 후에는 아예 계획표를 한쪽으로 치워 버리고 아무렇게나 시간을 보내게 되는 거지. 아빠는 그렇게 제대로 지키지도 못하면서 매번 질리지도 않고 즐거운 마음으로 계획표를 짰단다.

아빠는 네 눈에서도 그와 똑같은 기쁨을 보았어. 아빠는 그 기쁨이 오늘은 무슨 일을 할지 스스로 상상하고 탐색하는 데서 오는 것이란 사실을 알 수 있었단다. 그 계획표는 다른 사람이 대신 짜놓은 시간표에 따르기만 하면 되는 것이 아니라 네 스스로 자신을 위해 만든 것이기 때문이지.

네가 처음으로 자기의 생활을–재미가 있든 없든, 다채롭든 단조롭든–책임지게 되었으니까. 아빠는 네가 앞으로도 이렇게 스스로 책임지는 즐거움을 소중히 여기기를 바란다. 뜻밖에도 네 책임감은 아빠의 예상을 뛰어넘어서 한 달이 지났는데도 여전히 계획대로 피아노·독서·수영 등을 해나갔지. 네가 유일하게 하지 않았던 건 아침에 아빠랑 산책하는 일이었어. 왜냐하면 아빠한테는 그 계획을 계속해 나갈 의지가 없었거든!

대가를 치르더라도
친구는 사귀어야 한다

아빠는 네가 수영장에서 노는 모습을 바라보는 걸 좋아한단다. 조그만 그림자가 물속에서 날쌔게 앞으로 나아가기도 하고, 자유형에서 배영으로, 배영에서 평영으로 자유롭게 자세를 바꾸기도 하고, 잠시 멈출 때는 가볍게 발헤엄도 치는 네 모습을 바라보노라면 그 모습이 얼마나 예쁘게 느껴지는지 몰라.

아빠는 어렸을 때 제대로 수영을 배울 기회가 없어서 아직까지도 물속에만 들어가면 꼬르륵 맥주병이란다. 그래서 네가 물속에서 훨훨 날듯이 자유를 얻어 헤엄쳐 다니고 즐겁게 웃어대는 소리를 들으면 특히나 감회가 새롭단다.

지난 몇 년간 너와 네 단짝친구는 같이 수영을 배우러 다녔지. 처음에는 네가 물이 무서워서 물속으로 들어갈 엄두를 못 냈지.

하지만 차츰차츰 작은 수영장에서 물에 뜨는 법과 발헤엄 치는 법을 배웠고, 킥보드를 잡고 연습하다가 드디어 고개를 들고 숨을 바꾸면서 헤엄치는 방법을 익혔어. 그리고 이어서 두근거리는 마음으로 커다란 수영장으로 옮겨가 배영과 평영을 연습한 끝에 9급 심사까지 통과했지.

증서에는 이제 10급만 남아 있어. 10급을 따려면 반드시 접영을 할 줄 알아야 하는데, 아빠는 보는 것만으로도 그것이 어렵게 느껴졌단다. 너희가 끈기 있게 접영을 배우고 팔과 어깨의 느낌을 익히던 그때는 진도가 매우 느렸지. 아빠와 엄마는 사실 네가 꼭 접영을 할 줄 알아야 한다고는 생각하지 않았어. 그래서 우리는 자주, "그런 건 할 줄 몰라도 괜찮아."라는 말을 했고, 급수시험을 치를 때도, "합격하기 어려우니까 무리할 필요 없어."라고 말했지.

어쩌면 엄마 아빠의 이런 태도가 너희에게 안 좋은 영향을 주었는지도 모르겠구나. 올해 여름, 너희는 접영을 배우면서 진지하지 못하고 산만했지. 다른 사람들이 선생님을 에워싸고 연습할 때도 너희 둘은 한쪽에 숨어 귓속말을 했어. 선생님이 어떤 동작을 요구하면 너희는 대충 한 번 얼버무리고 일부러 가장 뒷줄에 서서 되도록 연습을 피했지. 그러다가 결국 선생님을 화나게 만들었지. 하루는 선생님이 아예 너희 둘을 무시한 채 마치 너희가 그 자리에 없는 것처럼 너희를 부르지도 않고 말도 걸지 않았어. 너희가 선생님 곁으로 다가가서 말을 걸어 봐도 선생님은 아무런 대꾸도 하지 않았지.

그날 아빠는 그 모습을 보았단다. 수업이 끝난 뒤에 아빠는 너를 크게 꾸짖었지. 아빠가 가장 화가 났던 건 네가 다른 사람을 존중하지 않고 선생님의 기분을 무시했기 때문이었어. 게다가 너희 둘은 손을 마주잡고 작은 원을 만들고 다니며 장난을 치는 바람에 다른 학생들의 연습 분위기까지 흐려놓았지. 아빠도 네 마음을 안다. 안 그래도 선생님께 그런 식의 대우를 받아서 마음도 불안하고 후회하는 마음도 있었겠지.

그 다음 수업 시간에 너는 열심히 노력했어. 수다도 떨지 않고 게으름도 피우지 않고 기를 쓰며 열심히 수영을 배웠지. 하지만 네 친구는 여전히 산만한 태도를 고치지 않고 선생님이 하시는 말씀도 대수롭지 않게 여겼어. 결국 선생님은 화가 풀리지 않아서 계속 너희들을 차갑게 대하며 무시했지.

수업이 끝난 후 네 얼굴에는 억울한 표정과, 아빠가 또 뭐라고 할까 봐 걱정하는 표정이 섞여 있었단다.

너는 몰랐겠지만 사실 그때 이 아빠는 너보다 더 걱정이 많았어. 너에게 도대체 무슨 말을 해야 할지 알 수가 없었거든. 너는 이미 최선을 다했지만 예상했던 변화는 일어나지 않았어. 아빠는 그 문제로 한참을 고민한 끝에야 깨달았단다. 아빠 자신도 어렸을 때 우정이나 의리가 무엇보다 중요하다고 믿었던 만큼, 현

재의 네가 선생님의 인정을 받기 위해 우정을 희생하길 바라서
는 안 된다는 걸 말이야.

　인생은 원래 그렇단다. 친구를 사귀고 우정을 나누려면 종종
대가를 치러야 하지. 하지만 아빠는 네가 선생님께 잘 보이기 위
해 말 잘 듣는 착한 학생이 되기보다는 친구간의 우정을 더욱 중
요하게 생각했으면 좋겠다. 그래서 그때 아빠는 주차장으로 걸어
가면서 네게 이 아빠의 어린 시절 친구들에 대해 말했지. 그러면
서 그 당시 친구들과 함께 저질렀던 나쁜 일까지도 정직하게 이
야기해 주었어. 그러자 너는 아빠의 이야기를 듣고 굉장히 기뻐
하며 웃음을 터뜨렸어. 아빠는 너의 그 웃음 속에 우정을 소중히
여기는 마음이 들어 있었다고 믿는단다.

무슨 일이든 제대로 하려는
마음가짐을 가져라

학급 크리스마스 파티에서 너와 네 명의 친구들은 피아노·바
이올린·첼로·클라리넷·플루트, 이렇게 5중주로, 그때 한창
유행하던 『해각7호(海角七号)』의 주제곡 『1945년(一九四五那年)』
을 함께 연주했어. 연습할 기회가 별로 없었지만 전체적인 성과
는 나쁘지 않았단다. 그런데 아쉽게도 마지막이 조금 갑작스럽게
끝난 것 같은 느낌이었어.

아빠는 그때 뭐가 문제였는지 금세 알 수 있었단다. 너희는 그
곡을 악보대로 전부 다 연주하지 않았던 거야. 악보대로라면 곡의
맨 마지막엔 피아노 독주가 한 마디 있어야 하거든. 피아노가 주제
선율을 다시 한 번 기억 속에서 가볍게 불러내며 끝을 맺는 거지.
그런데 너희의 연주에는 이 피아노 독주 부분이 사라져 있었어.

나중에 아빠가 네가 물어봤지.

"피아노 독주 부분은 왜 없어진 거니?"

그러자 너는 대답했어.

"애들이 나한테 치지 말라고 했어. 그 부분은 피아노만 있잖아. 다들 무대에서 할 일 없이 나 혼자 피아노 치는 소리를 듣고 싶지는 않대."

아빠는 웃으며 물었어.

"그래서 그냥 그러자고 했어?"

너는 조금 억울한 듯이 말했어.

"응. 아빠가 나한테 다른 사람의 기분을 생각해야 한다고 했잖아. 애들이 내가 마지막 부분을 치는 게 싫다고 하니까 나도 걔네 기분을 생각해서 안 치기로 한 거야."

아빠는 못 참고 다시 물었어.

"하지만 그렇게 연주하면 음악이 이상할 거라는 생각은 안 해봤어?"

"했지. 끝이 안 난 것 같아서 나도 좀 이상하다고 생각했어."

"그러면 무대 아래에서 듣고 있는 사람들도 이상하다고 생각하지 않았을까?"

아빠의 질문에 너는 잠시 생각하더니 이렇게 대답했지.

"그랬을 것 같아."

너는 같이 연주하는 친구들의 기분을 생각하느라 무대 아래에서 너희의 연주를 관람하는 청중들의 기분은 생각하지 못했던 거야. 그래서 아빠는 네게 다시 물었어.

"음악적으로 피아노 독주는 생략하면 안 되는 거지?"

너는 고개를 끄덕이더니 아빠가 그 다음에 무슨 말을 하려는지 알아채고 얼른 말했지.

"하지만 애들이 치지 말라고 했단 말이야."

아빠도 이해한단다. 인생에서 우리는 종종 서로 다른, 심지어 서로 모순되는 원칙들을 마주하게 되지. 음악도 물론 중요하지만 친구 역시 중요하니까. 악보에 있는 피아노 독주 부분을 없애자는 친구들의 결정에 네가 동의한 건 너 혼자 너무 돋보이기가 싫어서이기도 할 거야. 아빠는 네 생각을 존중하지만 동시에 네게 이 말은 꼭 해주고 싶구나. 그 과정에서 넌 스스로 선택하는 걸 포기하고 다른 다수의 친구들이 결정하도록 내버려둔 거야. 너도 분명히 마음속으로는 이렇게 끝이 흐지부지한 음악은 제대로 된 음악이 아니라고 생각했을 텐데 말이야.

아빠는 네가 스스로 옳다고 생각하는 일에 대해서 그렇게 쉽게 포기하며 양보하지 말고 더욱 더 과감하게 밀고 나가는 태도를 길렀으면 한다. 친구들의 기분도 중요하지만, 그게 음악과 관련된 문제라면 반드시 올바른 방향으로 나가야지, 잘못된 것인 줄 알면서도 그렇게 바로잡으려는 노력을 하지 않고 잘못된 음악을 그냥 무대에서 보여 주어서는 안 돼. 그건 적당히 도피하는 거나 마찬가지야.

　아빠는 너 스스로도 좀 더 깊이 생각하고, 네 친구들도 좀 더 깊이 생각할 수 있도록 네가 이끌어 주기를 바란단다. 생각을 바꿔서 네 친구들도 감상한다는 느낌으로 피아노 독주를 남겨둘 순 없을까? 아니면 다른 악기들도 다 같이 마지막까지 주제 선율을 연주하는 건 어떨까? 이것도 싫고 꼭 피아노 독주를 생략해야만 한다면 앞 단락 마지막 소절을 점점 느리고 더욱 과장되게 연주해서 마지막이라는 분위기를 살리는 건 어떨까?

　아무리 많은 어려움이 있어도 무슨 일이든 항상 제대로 하는 습관을 들이도록 해라. 이 방법이 안 되면 다른 방법으로 좀 바꿔보면 되지. 하지만 모두에게 제대로 된 좋은 음악을 들려줘야 한다는 전제만큼은 양보해선 안 돼. 그렇지 않으면 공연하는 의미가 사라지게 되니까 말이야. 그렇지 않니?

겸손하게
전통을 바라보다

피아니스트 옥사나 야블론스카야(Oxana Yablonskaya)가 타이완 '2008년 피아노 예술 축제'에 참가하러 왔을 때 너는 그녀의 수업을 들을 기회가 있었어. 그녀는 바쁜 일정 속에서도 귀중한 시간을 내서 기자회견을 마친 후 네게 한 시간 동안이나 개인 레슨을 해주었지.

네가 특별히 피아노를 잘 쳐서 그런 것이 아니었어. 야블론스카야가 미국 줄리아드 음대에서 가르친 수제자였던 네 선생님이 너를 격려해 주고 싶어서 이런 기회를 마련해 주셨던 거지.

그 수업 시간에 너는 굉장히 긴장했어. 긴장 때문에 정신이 나가지 않은 게 다행이었지. 너는 러시아 악센트가 섞인 대가의 영어를 전부 다 알아듣진 못했지만 직감적으로 그녀가 교정해 주는 대로 최선을 다했어.

수업이 끝나고 나서 아빠는 네게 왜 그렇게 긴장했느냐고 묻자 너는 이렇게 대답했지.

"왜냐하면 저 분은 우리 선생님의 선생님이시잖아!"

그리고 잠시 또 생각하더니 한 마디를 덧붙였어.

"저 선생님의 선생님은 리스트고, 리스트의 선생님은 체르니고, 체르니의 선생님은 베토벤이고, 베토벤의 선생님은 하이든이야. 우와!"

네가 그렇게 긴장했던 이유 중의 하나는 바로 야블론스카야가 너에게 거대한 음악의 전통을 생생히 느끼게 해주었기 때문이야. 그 전통은 하이든으로부터 한 사람 한 사람씩 이어져 너의 선생님에게 이어지고 또 너에게로까지 이어져 내려왔던 거지. 그 전까진 멀게만 느껴지던 악보 속의 위인들인 하이든, 베토벤, 체르니, 리스트가 한 순간 야블론스카야를 통해서 너와 연결됐지. 연결의 맨 마지막에는 바로 어린 소녀인 네가 있었어.

그래. 네가 손가락 끝으로 아름다운 음악을 연주하는 건 대단한 성과지. 그건 네 자신의 성과가 아니라 오랜 시간 문명이 쌓아온 귀중한 성과란다.

아빠가 어렸을 때 바이올린 선생님은 종종 갑작스런 질문을 하시곤 했어.

"너는 누구니? 네가 뭔데 이 곡들을 연주하는 거니?"

선생님 말씀은 우리 개인의 재능만으로는 절대로 이렇게 아름다운 작품을 창작할 수 없고, 이렇게 자연스럽고 효과적인 연주 방법을 찾아내는 일조차 할 수 없다는 뜻이었어. 만약 우리 개인의 재능만으로 음악을 만들었다면 단순하고 서툰 재미없는 음악 밖에는 들을 수 없었을 거야. 그렇지만 우리는 재능의 제약을 받을 필요가 없으니 얼마나 행운이니. 우리에게는 바흐가 있고 하이든이 있고 모차르트와 베토벤과 같은 수많은 천재들이 작곡한 곡들이 있어. 그리고 바이올리니스트들이 대대로 시도하고 발견한 여러 가지 기교도 알고 있지. 그래서 우리는 우리에게 과분할 정도로 훌륭하고 아름다운 음악을 들을 수도 있고 연주할 수도 있는 거란다.

우리는 어렵게 손에 넣은 이 결과물을 소중히 여기는 법을 배워야 한단다. 선생님은 아빠에게 음악 앞에서는 조금의 자만심도 가져서는 안 된다고 줄곧 강조하셨어.

우와, 너는 정말 운이 좋구나! 어린 나이에 벌써 이렇게 많은 선생님이 음악을 지도해 주시니 말이야.

네가 음악을 통제하고 만들어낸다고, 네가 바로 음악의 주인이고 음악 위에 존재한다고 생각해서는 안 된다는 가르침 말이야. 사실, 음악뿐 아니라 모든 문명의 고귀하고 아름다운 성과에 대해서 우린 모두 마땅히 감사하고 운이 좋다고 여겨야 한단다. 아, 내게 무슨 덕이 있고 무슨 능력이 있기에 이렇게 오묘한 우주를 이해하고, 뛰어난 문학작품을 읽고, 색채와 형태가 뒤섞인 아름다운 풍경을 볼 수 있는 것일까. 이러한 문명의 성과 덕분에 우리는 비로소 스스로를 뛰어넘어 더 크고 더 풍부한 사람이 될 수 있는 거란다.

말총머리를 흩날리며
달리는 작은 폭주족

이란(宜兰)은 좋은 곳이지. 그곳에는 너의 수많은 어린 시절의 추억들이 남아 있단다.

예전에 빈하이(滨海) 고속도로를 운전해서 지나갈 때면 길을 따라 바다 풍경을 구경하곤 했었지. 비토우쟈오(鼻头角)에서 잠깐 멈추고, 스청(石城)에서도 잠깐 멈추고, 베이관(北关)에서도 잠깐 멈추다 보면 보통 오후 서너 시쯤 이란에 도착했단다.

우리는 위안산(员山)에서 고기완자 쌀국수 한 그릇을 간식으로 먹고 계속 산속으로 들어갔어. 마침 해질 무렵에 슈앙린피(双连埤)에 도착했는데 두 개의 저수지가 햇빛을 반사하는 장면은 비현실적으로 아름다웠지. 저수지에는 누군가가 풀어놓은 물오리가 있었는데 가까이 다가가면 엄마오리가 아기오리들을 데리고 물속에서 한가롭게 헤엄쳐 다니는 모습을 볼 수 있었어. 그러다가 잠시 후에 커다란 오리 몇 마리가 갑자기 날아오르더니 공중에서 부드럽고 아름다운 선을 그리며 산 방향으로 날아갔지.

슈앙린피는 진귀한 생태구역이란다. 저수지 안에는 수백 년 동안이나 사람의 손이 닿지 않은 부식토가 쌓여 있어. 사람들은 평소에 이렇게 드문 광경을 아무에게나 함부로 소개하지 않는단다. 너무 많은 사람이 몰려들어서 기존의 생태가 파괴될까 봐 두렵기 때문이야. 그런 이유로 나중에 현(县) 정부에서 이곳에 대한 보호를 강화하면서 저수지 가까이 가는 작은 길을 막아 버리는 바람에 우리도 더 이상 그곳에 갈 수 없게 되었단다.

우리는 싼싱샹(三星乡)으로 발걸음을 돌려 부로우(卜肉)와 파가 잔뜩 들어간 총요우빙(葱油饼)을 배불리 먹었지. 조금만 더 들어가면 넓은 면적의 큰 공원이 나오는데 공원 안의 커다란 공터에는 주말만 되면 동전을 넣고 타는 전동차가 놓여 있었단다.

처음 그곳에 갔을 때 너는 커다란 앞바퀴가 있는 삼륜차를 골랐어. 앞바퀴와 뒷바퀴의 높이 차이가 많이 나서 움직일 때마다 위아래로 크게 흔들렸지. 평소에 겁이 많고 모험을 즐기지 않는 네가 웬일로 이런 차를 골랐는지 놀랐는데 금세 익숙해지더구나. 너는 제법 크고 속도도 빠른 그 삼륜차를 집중력을 발휘해서 운전했단다. 넓게 갈라진 길 위해서 대범하게 속도를 올리며 앞으로 돌진하기도 하고, 또 갑자기 방향을 틀어서 왼쪽으로 갔다가 오른쪽으로 갔다가 하기도 했지.

격렬하게 움직이는 차의 방향에 따라 과장되게 흩날리던 너의 말총머리는, 아, 정말로 보기 좋더구나! 아빠는 처음으로 네게서 평소 여자아이다운 모습과는 다른 대범하고도 민첩한, 심지어 호방하기까지 한 모습을 보았단다.

삼륜차에 돈을 다시 넣어야 할 때가 되면 아빠는 얼른 네게 동전을 건네주었지. 그 돈이 아깝지 않았던 건 아니지만, 삼륜차 위에서 잔뜩 흥이 나 있는 네 모습을 바라보는 게 아빠는 너무나 즐거웠거든.

네가 미국에서 태어났을 때 우리는 우선 네게 중성적인 중국 이름을 지어 주었어. 그리고 영어 이름 역시 중성적인 것으로 골랐단다. 솔직히 말하자면 아빠는 늘 딸이 갖고 싶었고 여자다운 여학생을 좋아하지. 하지만 절대로 아빠의 기호에 맞춰서 네 앞날이 펼쳐지고 성격이 형성되기를 바라지는 않았어. 네게 그런 이름을 지어 준 건 너에게 더 큰 가능성을 주고 싶어서란다. 일반적인 남자라는, 또는 여자라는 고정관념에 얽매이지 않기를 바랐기 때문이야. 여성스러운 딸이든 사내아이 같은 딸이든, 내가 가장 사랑하는 딸임에는 틀림없단다.

지금도 아빠는 너에게 또 어떤 다양한 모습이 숨어 있을지 궁금하단다. 예전에 너는 네 이름이 여자답지 않다며, 너에게도 충분히 여성스런 면이 있다며 불평했던 적이 있지. 하지만 주말 오후에 이란의 한 공원에서 너는 몇 번이나 내 곁을 질주하며 높이 묶은 말총머리를 신나게 흔들어댔단다. 그때 네 얼굴은 속도와 급커브를 한껏 즐기느라 잔뜩 달아올라 있었지.

그 순간 아빠는 네 인생에 또 다른 멜로디가 나타나는 소리를 들었어. 원래 지니고 있던 여성의 예민함과 청초함 외에도 너에겐 또 너만의 영웅적인 면이나 씩씩한 꿈이 있을지도 모르지. 바람을 맞으며 고개를 치켜들고 크게 웃던 너는 역시 단순한 여자아이라는 이름으로는 어울리지 않았단다.

이란 야시장에서
엄마가 링 던지기 솜씨를 발휘해
네게 이 도라에몽 인형을 안겨주었지.

자신의 한계에
도전하라

　어느 날 선생님이 네게 갑자기 타이완 공연을 취소한 피아니스트 대신에 네가 무대에서 쇼팽의 론도를 연주할 기회가 생겼다고 알려주셨는데 너는 단호하게 거절했지. 심지어 아빠와 네 엄마가 네 생각을 바꿔 보려고 하자 흥분하며 우리에게 따지기 시작했어.

　아빠는 네 생각을 충분히 이해한단다. 솔직히 말하면, 네가 예전처럼 "몰라." "다 괜찮아!"라고 하지 않고 명확히 네 생각을 표현한 것이 기뻤어.

　너는 참으로 많이 성장했고, 이 아빠도 네 생각을 존중한단다. 그건 너의 음악이고, 음악에 대한 너의 기본적인 태도니까. 정식 공연까지는 20일 정도의 시간밖에 남아 있지 않았고, 연주될 곡은 네가 한 번도 연습한 적이 없는 곡이었지. 너는 그렇게 짧은 시간 안에 그처럼 어려운 곡을 완벽히 익힐 수는 없다고 생각했어. 비록 선생님이 네게 "임시 대타일 뿐이니 악보를 보고 연주해도 괜찮다."고 말했지만, 너는 정식 연주회에서는 반드시 악보를 외워야 한다고, 악보를 가지고 무대에 서는 건 '창피한 일'이라고 단호하게 말했지.

"잠도 안 자고, 밥도 안 먹고 계속 연습만 할까?"

너는 흥분해서 이런 과장된 말까지 했어. 이런 네 말을 듣고서 아빠는 더 이상 아무 말도 안 하기로 결심했단다. 왜냐하면 무대에서 자기가 만족할 수 있는 음악을 선보일 수 없을 거란 두려움이 이미 모든 것을 뛰어넘었기 때문이야. 그런 상황에서 다른 말은 귀에 들어오지 않을 테지.

아빠는 네가 흥분을 가라앉히고 나면 설명해 주고 싶었단다, 엄마와 아빠는 사실 단순하게 생각했다고. 우리가 너에게 이 기회에 대해 한 번 생각해 보라고 했던 건 그 연주회가 큰 명예를 가져다줄 거라고 생각했기 때문이 아니야. 우리에게 그런 허영심 따윈 없단다. 우리는 네가 어쩌면 그런 특수한 환경에서 자신의 한계를 시험해 보고 싶어 할 수도 있다고 생각했던 거야.

아빠는 아빠 자신의 한계에 도전하는 걸 좋아한단다. 도전이 가져다주는 수많은 즐거움을 느끼면서 자랐고, 도전을 통해 원래는 아빠에게 없다고 생각했던 능력도 갖게 되었지. 어렸을 때 아빠는 아무런 준비도 없이, 예상 주제에 대한 원고도 외우지 않은 채 웅변대회에 참가한 적이 있단다. 주제를 뽑은 그 순간부터 10분 동안 생각을 쥐어짜고 5분 동안 웅변을 했지. 그 10분이 얼마나 두렵게 느껴지던지! 머릿속이 새하얘져서 아무 생각도 나지 않고 "어떡하지, 어떡하지?" 하고 초조함만 늘어 갔단다. 그리고 10분 뒤, 아빠는 억지로 입을 열었어. 그 일 덕분에 아빠는 아빠에게 말과 생각을 동시에 할 수 있는 능력이 있단 걸 깨달았단다. 그것도 꽤 조리 있고 알찬 내용으로 말이지.

예전에 박사자격시험을 준비할 때, 아빠는 문학상 공모 기한에 맞춰 10만 자가 넘는 장편소설 공모에 응모하기로 결심한 적이 있단다. 하루 평균 8천 자를 쓰고, 그 다음엔 박사시험 범위를 복습했지.

이렇게 해서 소설을 완성하고 박사시험도 통과했어. 그 기쁨은 지금까지도 잊을 수가 없단다. 시험 준비에 충분한 시간을 쏟고 나중에 천천히 소설을 완성하는 것과는 완전히 다른 기분이지.

네가 대충 아무렇게나 하길 바라는 건 절대 아니야. 네가 무대에서 망신당하기를 바라는 건 더더군다나 아니지. 아빠는 단지 네가 이 커다란 도전을 보고, "우와, 나한테도 이런 일을 해볼 기회가 있구나!" 하고 일상 속의 작은 영웅이 되는 흥분을 느껴보길 바랐단다. 어쩌면 도전하는 과정에서 자기 자신을 다시 보고 재평가할 수 있을지도 모르지. "아, 나도 이런 식으로 피아노를 치고 악보를 외울 수 있구나!" 하고 말이야.

어쩌면 이 일이 끝나고 나서 안도의 한숨을 내쉬며 이렇게 말할지도 모르지.

"음, 역시 완벽하진 않았지만 어쨌든 난 최선을 다했어."

이런 아빠의 생각을 이해해 줄 수 있겠니?

유치원에서 열심히 공부하는 아이.
너는 조각을 맞춰 꽃을 만들려 하고 있단다.

배움이 주는 자유

너와 너의 단짝 친구 장이는 장이네 집의 피아노 의자에 나란히 함께 앉아 있었어. 조금 지나자 음악소리가 들려오기 시작했지. 네 개의 손이 함께 피아노를 치고 있었어. 너희 둘은 웃으면서 소곤소곤 뭐라고 의논하더니 동시에 벌떡 일어나 너는 왼쪽으로, 장이는 오른쪽으로 가서 앉았단다.

또다시 음악이 들려왔어. 그건 누구도 들어본 적 없는 곡이었지. 너는 박자가 명확한 코드로 중음부에 맞춰 아르페지오(arpeggio)처럼 위아래를 오르내리고, 장이는 높은음의 선율을 연주했어.

한 단락을 연주하고 나서 너는 장이에게 말하더구나.

"이번에는 F장조로 치자."

또 한 단락을 연주하면서 너는 또다시 장이와 자리를 바꿨어.

하지만 음악은 금세 막히고 말았지. 너는 뛰어오르며, "안 되겠다. 내가 낮은음을 칠게."라고 말했어. 또 한 단락을 연주하면서 너는 원래의 장조코드를 단조코드로 바꾸었지.

아빠는 장이네 집 식탁에 앉아 다른 어른들과 이야기하며, 너희가 피아노 앞에서 하는 게임을 지켜보았단다.

아빠는 깜짝 놀랐어. 왜냐하면 너희는 즉흥적으로 음악을 창작하고 있었거든. 그것도 아주 즐겁게 말이지. 게다가 너희의 음악이 기본적인 짜임새가 있고 상당히 듣기 좋았기 때문에 더욱 놀랐단다.

집에 돌아가는 길에 너는 흥분해서 말했어.

"장이는 정말 멜로디를 잘 만들어! 그런데 박자가 불안하고 아직 화성을 제대로 안 배워서 낮은음은 맡을 수가 없어. 나는 멜로디를 잘 못 만드니까 내가 낮은음을 맡고 장이가 높은음을 맡는 게 딱 좋았지."

그래서 아빠가 물었어.

"너희는 무슨 조(調)를 시도해 봤니?"

"장조가 제일 간단해서 흰건반만 사용했어. 나중에는 F장조로 바꿨고."

아빠는 또 물었지.

"그런데 단조로 친 것도 있었잖아. 단조코드는 좀 어렵지 않니?"

"그건 장이가 만든 멜로디가 단조에 가까워서 다시 a단조로 바꾼 거야."

"그렇게 즉흥적으로 연주하는 게 재밌던?"

그러자 너는 기쁘게 말했어.

"너무 재밌어. 게다가 중간에 텔레파시가 통해서 손을 교차해서 치기도 했어. 장이 손이 낮은음으로 오고 내 손은 높은음으로 갔지. 그렇게 계속 음악을 연주했어!"

네 말을 듣고 나자 아빠도 기뻤단다. 네가 배움의 결과에서 오는 특별한 즐거움을 맛본 것 같았거든. 너와 장이는 음악학원에서 기본적인 음악이론을 배운 상태였어. 그래서 너희가 음조의 기본 규칙을 제대로 이해하고 있었기 때문에 쉽게 음조에 대해 의논하고 조화로운 소리로 연주할 수 있었던 거란다. 감미로운 음악은 너희가 계속 즉흥연주를 해나가도록 격려해 주었지. 그런 즉흥연주는 아무렇게나 피아노 건반을 두드려 대서 만드는, 박자도 화음도 엉망인 그런 소리와는 다르단다.

음악이론을 배울 때 너희는 아마 그다지 즐겁지 않았을 거야. 나면서부터 음악이론을 아는 사람은 없으니까 배우면서 이해하고 암기해야 하지. 24개의 장조와 단조, 그리고 단순한 리듬에서부터 복잡한 리듬에 이르기까지 천천히 조금씩 너희의 머릿속으로 들어간 것이지. 시간과 마음을 쏟다 보니 어느 날 갑자기, 어디에 쓰는지 몰랐던 음악이론이 너희 게임의 토대가 되어 준 거란다!

이것이야말로 가장 소중한 기쁨이란다. 네가 의식을 했든 못했든 이 모든 건 네가 노력해서 얻은 기쁨이야. 배우는 과정은 힘들었지만 그 결과는 너와 장이에게 새로운 자유를 주었어. 너희는 피아노 소리를 통해서 배우지 않은 사람들은 영원히 갈 수 없는 경지에, 여유롭게 음악을 가지고 노는 특별한 경지에 들어서게 된 거지.

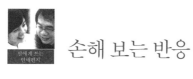

손해 보는 반응

아빠는 이상한 꿈을 꾸었어. 꿈속에서 아빠는 어떤 아줌마를 만났는데, 그 아줌마는 네 등에 있는 바이올린 케이스를 보더니 지금 무슨 곡을 연습하는지 네게 물어봤어.

"멘델스존의 협주곡을 연주해 본 적이 있니?"

너는 고개를 끄덕이며 대답했어.

"작년에 연주했어요. 지금은 브루흐의 협주곡을 연습하고 있어요."

네가 그렇게 말하자 그 아줌마는 뜻밖에도 자기의 바이올린과 악보를 꺼내서 브루흐의 바이올린 협주곡을 연주하기 시작했단다. 제법 그럴 듯하게 폼을 잡는 모습에서 위풍당당한 기세가 느껴졌지.

연주를 마친 아줌마는 너에게 이제 네 차례라고 말했어. 너는 하고 싶지 않다고 저항했고 말이야.

한참 뒤에야 너는 억지로 바이올린을 꺼내서 의자에 앉은 채로 맥없는 연주를 했단다.

아빠는 참을 수 없어서 소리쳤어.

"이게 브루흐의 음악이니? 일어나서 연주해!"

그런데 너는 일어나지 않았을 뿐만 아니라 이젠 아예 드러누워서 괴상망측한 모양으로 바이올린을 켰어.

그러고 나서 아빠는 꿈에서 깨어났지. 아빠는 악몽을 꿨다는 사실을 깨닫고 눈을 뜬 채 생각했어.

'이런 꿈을 꾸다니, 무슨 이유가 있는 걸까?'

아빠는 도대체 왜 이런 악몽을 꾸게 되었는지 알 것 같았어. 그때 아빠는 네가 바이올린을 대하는 태도 때문에 걱정이 많았거든. 6학년이 되면서 네 부전공은 비올라에서 바이올린으로 바뀌었지. 이건 진작 얘기가 되었던 일이었어. 요 3년간 네가 비올라를 배우면서도 계속 바이올린을 켰던 건 바이올린을 포기하고 싶지 않았기 때문이었지. 학교 규정에 따르면 6학년이 되었을 때 주전공과 부전공 항목을 바꿀 기회가 있었으니까.

하지만 학교 악단의 바이올린부에는 주전공자들만 있으니, 너의 부전공 신분으로는 손해를 볼 수밖에 없었겠지. 너는 제2바이올린부에 배정됐을 뿐만 아니라 수석이나 부수석도 될 수 없었어. 비올라부의 부수석에서 제2바이올린부 구성원으로 '강등' 된 것이 네게는 충격이었을 거야. 그래서 요 몇 주 동안 너는 악단에 참여하는 데 흥미를 잃고 심지어는 바이올린을 연습하는 시간까지 줄였지.

그러니까 아빠는 이 일이 걱정돼서 그런 악몽을 꾸었던 것이지. 솔직히 말해서 아빠는 네가 악단에서 어떤 위치에 있든 조금도 신경 쓰지 않는단다. 앞에 앉건 뒤에 앉건 별 차이가 없다고 생각해. 자기를 내세우고 사람들에게 자기의 음악을 들려주고 싶은 거라면 너에게는 독주연주의 기회가 얼마든지 있지. 하지만 악단은 독주가 아니야. 악단의 기쁨과 의미는 네 소리가 전체의 소리 안에 녹아들어 너와 모두가 함께 만들어내는 아름다운 음악을 즐기는 데 있단다. 전체, 이 전체의 소리가 가장 중요한 거야. 악단에서 누가 수석이고 아닌지는 정말 사소한 일에 불과한 것이지.

아빠는 너의 언짢은 마음을 이해한다. 그렇지만 아빠는 네가 더 나은 방식으로 그런 마음을 해결했으면 좋겠어. 아빠가 볼 때 가장 형편없는 해결방식은 바로 화풀이하는 거란다. 애꿎은 음악까지 끌어들여서 음악에 대한 네 감정에 악영향을 주니까. 네가 지금까지 계속 바이올린을 연습했던 건 악단 때문이 아니잖니? 학교 악단 때문이었다면 진작 비올라만 켜도 상관이 없었어. 그런데 도대체 왜 악단 때문에 네가 바이올린을 연습하던 습관까지 바꿔야 하는 거니?

바이올린 음악은 네 자신의 것이지 선생님의 것이 아니야. 악단을 위한 건 더더욱 아니지. 네가 연습을 줄여도 악단에서의 네 모습은 큰 영향을 받지 않을 거야. 하지만 네가 브루흐 협주곡과 같은 음악을 어떻게 이해하고 표현하는지는 영향을 받게 된단다. 그건 다른 누구의 것도 아닌, 오직 네 자신의 것이야.

자신을 위해 연습하고, 자신을 위해 음악을 음미하는 것이야말로 가장 기쁘고 재밌는 일이지. 그렇지 않니? 악단에서의 일이 너를 속상하게 만들었다 해도, 어째서 네가 원래 좋아하던 음악의 즐거움까지 뺏겨야 하니? 그러면 너무 손해잖아, 안 그래?

네 손으로 직접 만든 병아리야.
한동안 너는 종이 위에다 손 가는 대로
다양한 모습의 병아리를 그리는 걸
가장 좋아했단다.

기복이 있는 삶이
변화 없는 삶보다 낫다

선생님이 지난달 실기시험 성적을 발표하셨어. 너는 지난달과 똑같이 4등을 했지. 그런데 너는 1등에서 5등까지의 다른 아이들과는 좀 달랐어. 다른 아이들은 모두 일관되게 높은 점수를 받았는데, 너는 어떤 과목은 성적이 높고 어떤 과목은 성적이 낮아서 격차가 아주 심했거든.

너는 차에 올라타자마자 내게 말했어.

"받아쓰기는 98점 맞은 것도 있고 81점 맞은 것도 있어."

그래서 아빠는 일부러 오버했지.

"81점? 그것도 성적이니!"

너는 설명했어. 그때 네가 교실 구석에 앉았는데 스피커에서 나오는 소리가 아리송하게 들려서 시험을 망쳐 버렸다고 말이야.

네 말투와 기분에서 그 어떤 아쉬움이나 속상함은 느껴지지 않았어. 오히려 조금 흥분한 것 같았지.

아빠는 네게 물었어.

"다른 아이들은 기복이 심하지 않은데, 너는 왜 이렇게 들쭉날쭉 기복이 심할까?"

너는 장난스런 표정으로 아빠를 바라보기만 할 뿐 그 어떤 대답도 하지 않았어. 아빠는 너의 그러한 태도가 무엇을 말하는지 대충 그 뜻을 알 수 있었지. 사실 너는 98점짜리도 있고 81점짜리도 있다는 게 마음에 들었던 거야. 그게 항상 90점을 받는 것보다 재밌고, 심지어 매번 95점을 받는 것보다도 재밌었으니까 말이야. 그렇지?

아빠도 그런 기분을 이해한다. 왜냐하면 아빠도 어렸을 때 그랬거든. 언제나 예측이 가능하고 언제나 규칙에 따라 발생하는 일은 지루하고 견딜 수 없었어. 어떤 친구들은 항상 1등을 하고 어떤 친구들은 항상 꼴찌를 하는데, 매번 1등을 하는 건 매번 꼴찌를 하는 것보다 아주 조금 나을 뿐이거든.

중학교 3년 동안 가장 기억에 남는 시험은 3학년 때 처음 본 모의고사란다. 시험을 보고 나면 전교생의 등수를 다 같이 공개하는 무서운 시험이었지. 시험이 끝난 다음날 오후가 되면 어김없이 현관 게시판에 전교생의 등수가 붙었거든. 1등부터 꼴등까지 말이야.

수학시간이 반 정도 지났을 무렵, 갑자기 물리화학 선생님이 헐레벌떡 우리 교실로 들어오셨어. 그 선생님은 담임선생님의 수업을 끊고 말씀하셨지.

"너희 반 리밍쥔이 전교 1등이다!"

이 말에 학급 전체가 깜짝 놀랐어. 우리 담임선생님까지 포함해서 말이야. 1초 정도 지나서 담임선생님이 정신을 차리고 물리화학 선생님에게 말했어.

"잘못 보신 거겠죠. 5반에 리밍위안이라는 여학생이 있는데, 그 아이가 2학년 때 경시대회에서 전교 10등 안에 들었어요. 그러니 아마 그 아이가 맞을 거예요."

그러자 물리화학 선생님은 잠시 멍한 표정을 짓더니 확신이 없는 듯 머리를 긁적이며 말씀하셨어.

"내가 잘못 봤나? 다시 가서 보고 올게요."

그때 학생 두 명이 물리화학 선생님보다 한 발 먼저 밖으로 뛰쳐나갔어. 그러고 나서 몇 분 후에 그 아이들은 교실로 들어오기도 전에 큰 소리로 외쳤어.

"진짜 리밍쥔이에요! 진짜 리밍쥔이에요!"

학급은 난리가 났어. 그 누구도 내가 1등을 했을 거라곤 생각하지 못했으니까. 왜냐하면 나는 2학년 때 성적이 별로 좋지 않아서 진학반에도 겨우겨우 들어갔었거든. 그러니 그들은 그런 나를 아무도 전교 1등 후보로 생각하지 않았던 게지.

그렇게 한 1등이 진짜 재밌는 거야. 나쁜 성적을 받아본 경험이 있어야만 자기한테 성적이 얼마나 중요한지도 알 수 있고, 좋은 성적을 받았을 때의 기분도 제대로 경험할 수 있어.

아빠도 이렇게 성적이 오르락내리락했던 경험이 있단다. 그리고 그 오르내림이 가져다주는 짜릿한 기분도 기억하고 있지. 그래서 아빠는 네가 그 81점에 대해 왜 그런 반응을 보였는지 알 수 있는 거란다.

작은 변화, 드라마틱한 기복이 있는 삶이 변화 없는 삶보다 낫단다. 설사 그 '변화 없는' 것이 좋은 성적일지라도 말이야. 네가 시험을 망친 대가로 이런 사실을 이해하게 되었다면, 아빠 생각엔 그다지 나쁘지 않은 것 같구나.

처음으로 눈 위에서 넘어지다

난생 처음 스키를 타다 보면 당연히 눈 위에서 벌렁 나자빠지는 경험을 하게 마련이지.

그 일은 일본의 유명한 눈보라의 고장 자오(藏王)에서 일어났어. 아침에 우리는 먼저 케이블카를 타고 대자연의 뛰어난 경치-수빙(樹氷)-를 보러 갔지. 시베리아에서 남쪽으로 내려온 찬 공기가 동해의 수증기와 만나면 자오산(藏王山)에 많은 눈이 내린단다. 이때 특수한 바람의 영향으로 해발 약 1,500미터 정도 높이의 모든 나무가 흰 눈에 뒤덮이게 되어 거대한 아이스크림 모양을 만들어내는데, 그 모습은 참으로 형용할 수 없을 만큼 웅장하고 아름답지.

이러한 자연 조건은 수빙이라는 기이한 풍경뿐만 아니라 자오

지방 산 위아래에 난이도가 상이한 46개의 스키코스를 만들어 냈어. 그날 오후, 엄마는 백방으로 수소문한 끝에 스키강사를 구해서 너희 세 명이 2시간 동안 기본적인 스키 기술을 배울 수 있도록 했단다.

너희는 우선 스키화를 신고 스키를 고정하는 방법을 배운 뒤 평지에서 이동하는 법을 간단히 익혔어. 그 다음에 강사는 너희를 작은 언덕으로 데리고 가서 스키 각도를 어떻게 조절해야 하는지 시범을 보여 주었지. 그때 너는 맨 앞에 서 있었는데 어느 순간 갑자기 언덕 아래로 미끄러지기 시작했어. 너는 한동안 미끄러져 내려가다가 몸이 기우뚱하더니 그만 벌렁 넘어지고 말았단다!

아빠는 너를 일으켜 주기 위해 얼른 네게로 달려갔어. 스키를 배우면서 안 넘어지는 사람은 없단 사실을 잘 알고 있었으니까 아빠는 너를 예의주시했었지. 게다가 예전에 스키를 배우며 얻은 경험도 있었어. 눈 위에서는 자주 넘어지게 마련이고 넘어져도 별 일은 없지만 스키를 신은 채로 넘어지면 혼자서 일어나는 게 쉽지 않거든.

수업이 끝나고 기본적인 스키 기술을 익힌 뒤에 아빠는 네게 눈 위에서 처음으로 넘어진 기분이 어떻더냐고 물어봤어. 아빠는 네 대답에 깜짝 놀랐단다. 너는 "나 일부러 넘어진 거야." 하고 말했거든. 그때 아빠는 네가 창피해서 그렇게 말한다고 생각했단다.

"진짜로?"

그러자 너는 말했어, 강사가 설명할 때 너는 강사가 스키를 어떻게 움직이는지 유심히 보고 있었다고. 그때 살짝 발밑을 움직였는데 그만 아래로 미끄러지기 시작했다고 말이야. 너는 어찌할 줄 모른 채 그저 내려가는 속도가 점점 더 빨라지고 있다는 사실만 알 수 있었어. 그때 너는 멈추는 건 고사하고 속도를 늦추는 것조차 할 수 없어서 어쩔 수 없이 그렇게 일부러 넘어졌다고 말했지. 넘어지면 멈출 수 있으니까 말이야.

아빠가 물었지.

"하지만 넘어지면 아플 텐데 무섭지 않았어?"

그러자 네가 이렇게 대답하더구나.

"계속 그렇게 미끄러져 내려가다간 어디로 가게 될지 모르는걸. 그래서 어디 부딪히는 것보단 낫잖아!"

"그랬었구나!"

아빠가 미처 생각지 못했던 사실이 많이 있었어. 네가 중심을 잃고 넘어진 게 아니라는 것, 네가 짧은 몇 초 동안 그렇게 많은 생각을 했다는 것, 더 큰 미지의 공포를 피하기 위해 넘어지는 걸 선택했다는 것을 말이야.

아빠는 또 물었어.

"우리가 바로 근처에 있었는데 네가 어디까지 갈 수 있었겠니? 아빠가 와서 잡아 줄 거란 생각은 안 해봤어?"

너는 아빠의 눈을 바라보며 솔직하게 말했지.

"미끄러지는 속도가 그렇게 빠른데 아빠가 잡아 줄 거란 생각을 어떻게 해. 그냥 내가 넘어지는 게 낫지."

"그래, 그랬었구나."

네 대답을 들으면서 섭섭한 마음이 없었던 건 아니지만, 그보다는 안도감이 더 컸어. 네가 이미 확실한 직감으로 스스로 결정하고 재빨리 여러 가지 위험요소를 비교할 수 있게 되었기 때문이지. 그보다 중요한 건, 넘어지고 일어나서 다시 일행 곁으로 돌아오기까지 네 얼굴이 한결같이 밝은 표정이었기 때문이란다.

이런, 넘어졌네!
마음씨 좋은 강사님이
널 일으켜 주러 다가가셨어.

눈 내리는 밤에
모자를 쓰지 않는 여자아이

일본에 그렇게 여러 번 여행을 해봤지만 기차가 연착된 건 그때가 처음이었어. 동북 신칸센이었는데, 우리가 내릴 오이시다(大石田)의 바로 앞 정거장에서 기차가 갑자기 움직이지 않았던 거야.

기차 안의 다른 승객들은 모두 침착하게 별 반응을 보이지 않았어. 그 사람들은 그런 상황이 닥칠 것을 예감하고 미리 마음의 준비를 한 게 틀림없었지. 이렇게 눈바람이 거센 계절에는 그 아무리 신칸센이라 해도 날씨를 거스르고 제 시간에 맞출 수는 없단 걸 말이야.

30분이나 늦게 오이시다에 도착해서 우리는 얼른 눈바람을 헤치고 여관에서 보내온 차에 올라타 긴잔온천(銀山温泉)으로 향했어. 자동차 전조등빛으로 볼 수 있었던 건 전방의 작고 좁은 길이 양쪽으로 거의 1층 높이까지 쌓인 눈에 둘러싸인 모습뿐이었지. 길 양쪽의 집들은 모두 눈 속에 파묻혀 버려서 그게 집이라는 걸 간신히 알아볼 수 있었어.

나중에 알고 보니 야마가타현(山形县) 일대에는 놀랍게도 거의 한 달 가까이 그렇게 계속해서 눈이 내렸다더구나.

긴잔온천으로 가는 길도 당연히 온통 새하얀 눈으로 뒤덮여 있었어. 온천에서 흘러들어온 하천은 졸졸 흐르고 있었지만 조금만 더 하류로 내려가면 강에는 얼음이 꽁꽁 얼어 있었고, 얼음 위에는 끊임없이 내리는 눈이 층층이 쌓여 있었지. 밤중에 내다보니 강 위에는 그야말로 알 수 없는 먼 곳까지 구불구불 이어진 하얗고 거대한 용 한 마리가 웅크리고 있는 것만 같았단다.

아빠는 너와 장이에게 사진을 찍어 주었어. 너희는 사람 키보다도 높이 쌓인 길옆의 눈 무더기 앞에 서서 눈 속 깊이 손을 집어넣었어. 아빠는 사진을 찍으면서 네가 모자를 쓰고 있지 않다는 사실을 발견했단다.

눈송이가 하나씩 네 검은 머리카락 위로 떨어지고 있었어. 아빠는 카메라를 내려놓고 다가가서 네 패딩 뒤에 있는 모자 지퍼를 채웠지. 그런데 너는 곧 모자 지퍼를 도로 풀어 버렸어. 아빠는 너에게 설명했지.

"이러면 안 된다. 눈이 머리에 떨어지면 체온에 녹아서 물로 변하는데 머리가 젖으면 감기에 걸려 고생하게 될 거야."

이처럼 아빠가 계속해서 고집하니까 너는 마지못해 모자로 뒤통수를 가리는 둥 마는 둥 했어. 그래서 아빠는 안심이 되지 않아 모자 지퍼를 조금 더 채워 주었지.

앞으로 걸어가다 보니 희미하게 눈 덮인 산비탈이 보였어. 밤하늘마저 눈[雪]빛에 반사되어 빛나는 듯 너무나 아름다웠지. 그 광경을 감탄하며 바라보다가 문득 고개를 돌려보니 네 머리와 머리 위에 내려앉은 눈송이가 보였어.

그때 아빠는 바로 소리쳤지.

"모자 써!"

너는 아빠의 말을 못 들은 것 같았어. 그래서 아빠는 하는 수 없이 네게 다가가 모자를 씌워 줬지. 그러고 나서 2분 정도나 지났을까? 이런, 모자는 또 어느새 네 머리에서 사라져 버렸지 뭐야! 네가 일부러 모자를 벗었단 건 의심의 여지가 없었지.

아빠는 이런 식의 밀고 당기는 게임을 반복하고 싶지 않았어. 그래서 정색을 하고 물어봤지.

"왜 계속해서 모자를 안 쓰는 거니? 그러다간 머리가 젖는다고 말했잖아!"

너는 성가시단 듯이 대답했어.

"모자를 쓰면 아무것도 안 보인단 말이야! 이렇게 아름다운 곳에 왔는데 왜 모자로 양쪽을 가려서 아무것도 못 봐야 해?"

그래서 아빠는, "너는 고개를 돌릴 줄도 모르니? 고개를 돌리

긴잔온천 다리 위에 서 있는 너.
뒤쪽으론 설경이 펼쳐져 있고,
패딩의 모자는 역시나 쓰지 않았어.

면 볼 수 있잖아?" 하고 말하긴 했지만, 더 이상 네 모자에 대해 신경 쓰지 않기로 했어. 왜냐하면 네 마음을 충분히 이해했거든. 처음 경험해 보는 그 특이한 산 속의 새하얀 야경 앞에서 너는 그 신기한 풍경이 주는 시각적 충격을 오롯이 느끼고 싶었던 거야. 그래서 양쪽에서 시야를 가로막는 모자를 더욱 더 참을 수 없었던 거지.

아빠는 여전히 너의 젖은 머리카락이 걱정되었지만 네게 양보하기로 결정했어. 어찌됐든 이건 네 인생에서 전무후무한 설경이었으니 말이야. 네 모든 감각은 이 설경을 위해 열려 있었고, 지금 네가 본 모든 것은 네 기억 속에 남아 앞으로 20년, 30년, 그보다 더 오랜 시간까지 너와 함께할지도 모르니까. 이처럼 오래토록 기억에 남을 멋진 경험을 위해서라면 추운 바람 속에 젖은 머리를 내놓는 위험 정도는 감수할 만한 가치가 있겠지!

편애의 한도

너는 지각하는 바람에 8시가 넘어서야 교실 안으로 들어섰어. 학급 전체에서 가장 늦게 도착한 데다 이미 며칠째 연속으로 지각한 상태였어.

네가 어렸을 때부터 엄마와 아빠는 네 등교시간에 그다지 신경을 쓰지 않았단다. 너는 음악반인 데다가 집에서 학교까지는 꽤 먼 거리여서 차를 타고 등교하는 데 30분이나 걸렸지. 그때 아빠는 네가 조금이라도 더 잘 수 있기를 진심으로 바랐어. 5학년이 되기 전까지 아침에 너를 깨우는 건 아빠 담당이었는데, 아빠는 항상 최대한 늦게까지 미루다가 너를 깨우곤 했단다. 그러다 보니 지각하는 일이 적지 않았는데, 나중에 네가 스스로 자명종을 맞추고 일어나면서부터는 오히려 지각하는 일이 줄어들었지.

하지만 이번 학기에 들어서 네 자명종은 갑자기 효력을 잃은 것 같았어. 자명종이 맨 처음 울릴 때 안 일어나더니, 두 번째로 울릴 때도 여전히 일어나지 않았어. 하는 수 없이 아빠가 너를 끌어당기면 그제야 너는 잠에서 깨어났어. 게다가 네 동작도 예전에 비해 확연히 느려졌지. 이러니 어떻게 지각을 안 할 수 있었겠니?

아빠는 어째서 네가 이렇게 변한 건지 잘 알고 있단다.

첫 번째 이유는 악부가 바뀌면서 네가 악단에 대한 흥미를 크게 잃었기 때문이야. 그래서 학교에 일찍 도착해서 악단 연습을 하던 원동력을 잃어버리고 말았던 거지.

두 번째는 학교 음악선생님이 너희가 이번 학기에 중학교 음악반 시험을 준비하는 걸 고려해서 너희에게 너무 엄격하게 대하지 않기로 결심하셨기 때문이야. 안 그래도 침대에서 일어나기 싫은 걸 선생님께 혼날까 봐 억지로 일찍 일어나고 있었는데 이제는 선생님도 안 혼내시니 당연히 그렇게 해이해졌던 거지.

하지만 그날은 달랐어. 선생님도 며칠 동안 참았지만 더 이상은 봐줄 수가 없으셨던 거야. 선생님은 네가 교실에 들어오는 걸 보자마자 폭발해서 크게 혼을 내셨어. 방과 후에 너는 아빠를 보자마자 기다렸다는 듯이, 더 이상 지각하면 절대로 안 되니까 내일은 꼭 일찍 깨워 달라고 말했어.

그래서 아빠가 물었지.

"선생님이 반 친구들 앞에서 너를 혼내셨니?"

너는 고개를 끄덕였어.

아빠는 걱정이 되어 또다시 물었어.

"속상하니?"

너는 고개를 저었어.

아빠는 안심이 되는 한편 놀라서 또 물었단다.

"선생님께 혼났는데 신경이 안 쓰이니?"

너는 대답했어.

"어떻게 신경이 안 쓰여!"

아빠는 이해할 수가 없었단다. 신경은 쓰이는데 속상하지는 않다니?

너는 '그것도 몰라?' 하는 표정을 짓더니 아빠에게 설명해 주었어. 선생님이 너를 혼내서 다행이라고. 안 그래도 몇몇 친구는 선생님이 너를 편애해서 걸핏하면 칭찬하고 합창 반주도 시킨다고 생각하고 있었는데, 만약 며칠 동안 연속으로 지각했는데도 선생님이 혼내시지 않으면 그 친구들은 분명히 또 선생님이 너를 편애한다고 생각했을 거라고 말이야. 그런데 선생님이 너를 혼내서, 그것도 그렇게 심하게 혼내서 너는 오히려 마음이 편해졌다고 말했어.

"이런데도 안 혼나는 건 너무 이상하잖아?"

너는 강조했어. 선생님이 너를 혼내는 바람에 친구들이 다시는 선생님이 널 편애한다고 의심하지 않을 거라고. 그 편이 선생님에게도 좋고, 네 자신에게도 부담이 적다고 말이야.

솔직히 말해서 아빠는 네가 그런 생각을 했으리라고는 꿈에도 생각하지 못했단다. 그런데 그런 네 말을 듣고 나니 기쁘고 마음이 놓였어. 네가 더 이상 어린애같이 유치한 방식으로 상황을 바라보지 않게 되었으니까 말이야.

아빠는 못 참고 또 슬그머니 물어봤어.

"근데 넌 정말로 선생님이 널 편애하지 않기를 바라니?"

그러자 너는 또 내게, '그것도 몰라?' 하는 표정을 지어 보였어. 그리고 대답했지.

"편애를 하더라도 다른 친구들이 못 봐줄 정도로 심하게 하면 안 되지!"

이거 정말 괜찮은 기준인걸!

인생에서 중요한 일

학교에서 있었던 일을 네가 전부 다 엄마아빠에게 얘기하진 않겠지. 그런데 너는 어떤 일을 얘기하고 어떤 일을 얘기하지 않는 걸까?

그날 이런 저런 얘기를 나누다가 너는 아빠가 여태껏 모르고 있었던 사실을 말해 주었어. 영어 시간에 선생님이 종종 조별로 본문의 상황을 연극으로 표현하는 과제를 내주시는데 그때마다 너희 조가 거의 매번 1등을 한다고 말이야.

그래서 내가 물었어.

"왜 너희 조가 다른 조보다 점수가 좋은데?"

"왜냐하면 내가 연기를 잘하거든! …… 우리 조의 다른 애들도 연기를 잘하는 편이고!"

그 말을 듣고 아빠는 자신도 모르게 조금 우쭐해졌단다.

"너는 연기를 어떻게 하는데?"

니는 예를 들며 설명해 주었어. 본문에서 물건을 도둑맞은 걸 발견하고 도둑을 찾는 장면이 나오면 다른 애들은 그냥 평범하게 본문을 읽지만 너는 아주 과장된 목소리로 "Where is my pen?" 이라고 말하고, 이어서 머리카락을 쥐어뜯으며 "My pen is stolen!"이라고 외친다는 거야. 그러면 모두들 웃음이 터지고, 그래서 가장 높은 점수를 받는다는 거였어.

여기까지 듣고 나서 아빠는 궁금증이 생겼어. 첫 번째는 "왜 내가 지금까지 이 일을 모르고 있었지? 너는 왜 이 얘기를 한 적이 없니?"였고, 이에 대한 너의 대답은 "얘기할 게 뭐 있어? 특별히 말해야겠단 생각이 안 들어서 안 했어."였단다.

"그래 좋아. 그런 대답은 대답을 안 한 거나 마찬가지야."

아빠는 또 다른 질문을 했어.

"너는 어떻게 그렇게 연기를 잘하니? 어디서 배웠니?"

이번엔 정말로 대답할 말이 없었는지 너는 고개를 저으며 말했어.

"나도 몰라. 아주 쉬운 거잖아. 일부러 배울 필요도 없을 것 같은데!"

이어서 너는 또다시 내가 깜짝 놀랄 만한 사실을 알려주었어. 학급의 다른 친구들은 우는 척하는 걸 어려워하는데, 어찌된 일인지 너는 울고 싶다고 생각하면 쉽게 눈물을 흘릴 수 있다고 말이야. 네게는 우는 연기가 조금도 어려운 일이 아니라고 말했어. 평소에 너는 눈물이 별로 없잖니? 아무리 커다란 실패를 겪어도 자존심이 센 너는 울음을 꾹 참아내지. 몰래 숨어서 우는 일조차 거의 없었어. 아빠는 정말로 어리둥절해졌단다. 네가 어떤 성격의 아이인지 상상하기가 어려웠거든. 우는 모습을 그렇게 쉽게 연기할 수 있다니 말이야!

아빠는 결국 이런 결론을 내렸어.

"보아하니 네게는 연기 재능이 있나 보구나! 아빠하고 네 엄마는 그런 쪽으로는 재능이 없는데. 어쩌면 네 재능은 별자리와 상관이 있는지도 몰라!"

너는 어깨를 으쓱하며 말했어.

"그걸 내가 어떻게 알아!"

"그럼 넌 나중에 커서 배우가 되고 싶니? 아주 훌륭한 배우가 될 수 있을 텐데……."

아빠가 이렇게 묻자 너는 아빠의 질문이 채 끝나기도 전에 아주 단호하게 고개를 가로저었지.

그래서 아빠가 또 물었어.

"왜 싫은데?"

너는 깊이 생각하지도 않고 단칼에 딱 잘라 말했어.

"왜냐하면 너무 쉬우니까! 음악이랑 비교했을 때 연기는 별다른 노력이 필요 없거든. 난 그렇게 쉬운 일은 하기 싫어!"

어쩌면 너는 좀 더 깊게 생각해야 했을지도 몰라. 그리고 연기는 어쩌면 결코 네가 상상하는 것처럼 그렇게 간단하지 않을지도 모른단다. 하지만 아빠는 네가 '기왕에 하려면 어려운 일을 해야 재밌지'라는 태도를 갖고 있어서 기뻤어. 동시에 네가 왜 영어 시간에 있었던 일을 굳이 내게 말하지 않았는지 그 이유도 대충 알 수 있었어. 왜냐하면 그 칭찬은 노력 없이 쉽게 얻은 것이니까. 너에게는 마음에 담아 둘 필요도 없고 중요하지도 않은 일이었으니까.

고맙구나, 항상 중요한 일만 골라서 우리에게 알려줘서. 비록 그것이 네가 맛본 실패나 좌절 또는 억울한 일일지라도. 그리고 우리는 너의 부모로서 네가 인생에서 중요한 일을 겪을 때마다 그 이야기를 우리에게 들려주기를 바란단다.

■ 두 번째 편지 ■

너의 어리광을
받아주지 않는 걸
이해해 주렴

내가 좋아했던
선생님

너는 고민에 빠졌어. 왜 어떤 사람은 호감을 얻고 어떤 사람은 미움을 사는 걸까? 무슨 이유가 있는 걸까? 얼굴이 예쁘면 사람들이 좀 더 쉽게 좋아해 줄까?

나는 중학교 2학년 때의 일이 떠올랐어. 다른 반의 수많은 학생들은 우리 반을 부러워했단다. 성적이나 반 분위기나 우리 반은 평소 거의 꼴찌였는데도 어쩐 일인지 학교에서는 전교에서 가장 젊고 예쁜 선생님 두 분을 우리 반에 배정해 주었어.

한 분은 영어 선생님이었고 다른 한 분은 물리화학 선생님이었어. 영어 선생님은 대학을 졸업한 지 4, 5년 정도 되신 분이었고, 물리화학 선생님은 이제 갓 대학을 졸업하고 우리 학교로 발령받아 오신 분이었지. 두 분 다 주요 과목 선생님이었던 데다가 대학을 갓 졸업한 물리화학 선생님은 우리 반 담임까지 맡아서 우리와 함께 보내는 시간이 아주 많았어.

영어 선생님은 예쁜 분이었지만 학생들을 굉장히 심하게 때렸단다. 수업시간에는 항상 교탁에 몸을 비스듬히 기대고 한 손으로는 교과서를 들고 다른 한 손으로는 회초리를 휘둘렀어.

그런 선생님의 얼굴에는 우리를 가르치는 게 귀찮다는 표정이 역력했어. 솔직히 말하면 아빠는 단 한 번도 그 선생님을 좋아했던 적이 없단다.

담임 겸 물리화학 선생님은 얼굴도 예쁜 데다 마음도 아주 여렸어. 열심히 무서운 척을 했지만 학생을 때릴 때면 본인이 먼저 참지 못하고 눈물을 흘렸지.

사실 아빠는 그 선생님을 좋아해야 마땅했어. 왜냐하면 선생님은 아빠에게 아주 잘해 주셨거든. 그분은 아빠를 교사 휴게실로 불러 기독교 공동체의 전도 자료를 잔뜩 안겨주면서 아빠가 인생의 귀중함을 체험하고 이해하길 바라셨지. 더 이상 '나쁜 학생들'과 어울려 다니면서 인생을 낭비하지 말라고 말이야. 그리고 아빠가 그 '나쁜 학생들'과 함께 축구를 하거나 아이스크림을 먹으며 빈둥거릴 때 선생님은 직접 그 '나쁜 학생들'을 찾아가서 나를 불러내지 말라고까지 하셨어. 선생님은 내가 그 아이들과는 다르다고 확신하셨던 거지.

선생님이 그렇게 열심히 나를 도와주고 싶어 했는데도 나는 그 선생님을 좋아하지 않았단다. 선생님 마음속의 '나쁜 학생들'이란, 아빠에게 있어선 가장 친한 친구들이었거든. 선생님이 그렇게 그 친구들을 대놓고 깔보는 건 나를 깔보는 것과 다를 게 없다고 생각했던 거야. 아빠를 그 친구들에게서 떼어놓으려는 선생님의 방법은 아빠를 아주 괴롭게 만들었지. 아빠는 친구들과의 의리를 지키는 '나쁜 학생'이 될지언정 혼자서 외로운 '착한 학생'은 절대 되고 싶지 않았어.

우리 반에서 가장 인기가 많고 존경을 받았던 선생님은 이 예쁜 선생님들이 아니었단다. 오히려 평범하고 눈에 띄지 않는 외모의 여선생님 두 분이었지. 그 중의 한 분은 지리 선생님이었는데, 선생님의 수업은 항상 풍부한 내용들로 가득했어. 그때 우리는 우리 중에서 그 누구도 가 본 적이 없고 가 볼 기회도 없는 중국 대륙의 지리를 배우고 있었어. 화난, 화중, 화베이. 역시 대륙에 가 본 경험이 없던 선생님은 직접 여러 가지 자료를 찾아서 우리에게 각 성(省)의 명승고적과 풍속, 민간설화 등을 알려주셨어. 수업시간 선생님의 두 눈에선 반짝반짝 빛이 났어. 자기가 알고 있는 모든 지식을 우리에게 쏟아주고 싶다는 표정이었지. 그 선생님을 통해서 아빠는 처음으로 열정이 무엇인지, 열정을 뿜어내는 모습이 얼마나 매력적인지를 느낄 수 있었단다.

또 다른 선생님은 원예 선생님이었어. 우리가 아무리 소동을 피워대도 선생님은 언제나 인내심을 갖고 생글생글 웃는 얼굴로 대해 주셨지. 선생님은 화를 내신 적이 없었고, 큰소리를 치신 적도 없었어. 그저 민난(閩南) 사투리로 이렇게 말씀하셨지.

"이러지 마. 이러면 안 돼."

선생님의 태도에는 진정한 너그러움이 있었단다. 선생님은 우리의 장난을 조금도 귀찮게 여기지 않으셨어. 심지어 선생님을 놀리는 우리의 말과 행동에서 특별한 즐거움을 느끼셨지. 선생님은 우리 학생들과 같은 입장에 서서 경직된 학교 교육에 반대하셨어. 하지만 우리에게도 수업시간에 어느 정도의 자제력과 배려심을 보여 주길 바라셨단다.

얼마 지나지 않아 우리도 선생님의 애로사항을 이해하게 되었고, 장난을 치더라도 정도껏 쳐야 한다는 걸 배웠어. 선생님이 "이러지 마."라고 하시면 바로 얌전하게 장난을 멈추었지. 선생님이 우리와의 의리를 지키시는데 우리가 어떻게 선생님을 배신할 수 있었겠니?

아빠는 이러한 경험을 통하여 어떤 사람이 호감을 얻게 되는지를 배울 수 있었단다.

아빠로서의
기본적 책임

처음으로 집에서 길렀던 고양이는 아빠가 대학시절에 길에서 주워온 녀석이란다. 태어난 지 얼마 안 된 새끼고양이가 메마른 도랑 속에 숨어서 '야옹 야옹' 하며 끊임없이 울어대고 있었어. 그 작은 몸에서 나온다고는 믿기지 않을 정도로 아주 커다란 울음소리였지. 아빠는 우유 한 곽을 사들고 와서 고양이를 도랑에서 꺼내 주었어. 고양이는 우유를 조금 마시고 멈추더니 고개를 들고 아빠를 바라봤어. 계속해서 '야옹 야옹' 울어대며 말이야.

아빠는 하는 수 없이 그 새끼고양이를 가방에 넣어 집으로 데리고 왔어. 일단 며칠 동안 몰래 데리고 있다가 키워 줄 만한 친구를 찾아볼 생각이었지. 그런데 뜻밖에도 집에 와서 보니 녀석이 내 가방 속에 설사를 한 거야! 그러니 가방 안에 있던 책들은 모두 엉망이 되고 말았지. 더 큰일은 녀석이 설사를 하면서 탈항(脫肛)이 된 거야.

아빠는 하는 수 없이 네 할머니에게 사실대로 털어놓고 고양이를 수의사에게 보일 돈을 얻어냈지. 그때 아빠는 네 할머니께 거듭 약속했어. 녀석을 집에서 데리고 있지 않을 것이며, 병이 다 나으면 다른 사람에게 보내겠다고 말이야.

아빠는 마음속 깊이 감사함을 느낀단다. 내 곁에 있는 나와 이렇게도 다른 생명에게 내 사랑을 줄 수 있어서, 그리고 그 덕분에 아빠가 수많은 기쁨을 더 많이 얻게 되었으니 말이야.

아빠는 친구들에게 고양이를 맡아 달라고 정말 적극적으로 사정했어. 한 명도 아니고 세 명에게나 연달아서 말이야. 공교롭게도 친구에게 부탁할 때마다 아빠는 거리에서 또는 학교에서 또 다른 애처롭고 불쌍한 길고양이와 마주치곤 했던 거야. 그래서 결국 세 명의 친구가 모두 고양이를 데려갔는데도 원래 그 고양이는 여전히 우리 집에 남아 있었단다.

그러는 동안 아빠의 부모님, 즉 네 할머니 할아버지께서도 새끼고양이가 집에 있는 것에 익숙해지셨어. 마침 할머니 할아버지께서 운영하시던 사업이 큰 전환점을 맞게 되면서 두 분은 잠시 사업을 접고 주로 집에 계셨는데, 그러다 보니 그분들이 고양이와 함께 보내는 시간이 나보다도 많아졌지.

어느새 새끼고양이를 먹이고 고양이의 분변을 받아내기 위한 모래를 준비하는 일은 모두 할머니 할아버지의 차지가 되었단다. 그 시절에는 아직 인공의 고양이 모래를 구하기가 쉽지 않아서 할아버지가 마대를 들고 근처 공사장의 공사용 모래를 퍼 와서 햇볕에 말린 다음 고양이에게 주곤 하였어.

네 할머니는 더 야단이셨지. 매일 신선한 생선과 닭 간을 요리해서 고양이를 먹이곤 하셨단다. 그러다 보니 새끼고양이는 점점 자라면서 신선한 생선이나 닭 간이 없으면 밥을 먹지 않았어. 할머니가 생선 속에 밥을 조금 섞어 주면 새끼고양이는 킁킁 냄새를 맡아보다가 휙 가버려서 하루 종일 먹이통 근처에도 가지 않았어. 그래서 할머니가 항복하고 신선한 생선으로만 먹이통을 채워 주면 새끼고양이는 그제야 밥을 먹기 시작했단다.

아빠는 참다못해 네 할머니에게 소리를 질렀어.

"엄마가 고양이를 응석받이로 만들었어요!"

그러면 할머니는 이렇게 말씀하셨지.

"간만에 집안에 고양이가 생겼는데 버릇이 좀 없으면 어때서 그러니? 애들이야 어리광을 받아 주면 곤란하지. 자기를 해치고 남도 해치게 되니까 말이야."

네가 자랄 때 네 엄마와 이모가 했던 이 말은 언제나 이 아빠의 마음속에 남아 있단다. 네 응석을 받아주지 않는 건 아빠로서 가장 기본이 되는 책임이자 너에 대한 책임이며 장래에 너와 어울리게 될 사람들에 대한 책임이란다. 솔직히 말해서 이 책임은 참으로 무겁고 감당하기 힘든 것이지.

사랑하는 것과 어리광을 받아주는 건 종이 한 장 차이인데 내가 어떻게 너를 엄격하고 가혹하게 대할 수 있겠니? 아빠는 그때 네 할머니께서 왜 그렇게 가벼운 마음으로 새끼고양이의 어리광을 받아주셨는지 이해할 수 있게 되었어.

어떻게 해야 네게 사랑을 주면서도 버릇없이 키우는 걸 막을 수 있을까? 몇 년간 고민하고 시도해 본 결과, 가장 효과적인 방법은 네게 확실하게 알려주는 것이었단다. 어떤 행동이 내가 생각했을 때 버릇없는 아이가 하는 행동인지를 알려준 다음 일정한 간격으로 네게 "아빠가 너를 버릇없이 키웠니?" 하고 물어보는 거야. 그러면 네가 이 질문을 진지하게 받아들이고 구체적으로 대답한다는 사실을 발견했어. "아닌데! 나는 ……하지 않았어요." 하면서 말이야.

나는 네가 이 과정을 통해 스스로 책임감을 갖고 자신이 버릇없는 아이인지 아닌지 돌아보는 습관을 길렀으면 좋겠구나!

정직한 미래를 위하여

저번 학기 자연 과목 시험에 이런 문제가 나왔지.

'펄펄 끓는 주전자에서 나오는 하얀 연기는 수증기입니까, 아니면 작은 물방울입니까?'

너는 교과서에서 '수증기는 무색(無色)인데 찬 공기를 만나 물방울로 변하면 흰색이 된다'고 배운 대로 '작은 물방울'을 답으로 골랐어. 그런데 나중에 시험지를 받아 보니 선생님은 '수증기'가 정답이라고 하셨지. 몇몇 친구들이 교과서를 들고 가서 선생님께 따져 봤지만 선생님은 여전히 '수증기'가 정답이라고 하셨어.

너는 집에 와서 아빠에게 이 문제의 답을 물었지. 그래서 아빠는 이렇게 대답했고 말이야.

"아빠가 볼 때 이 문제의 정답은 아주 명확하단다. 정답은 바로

'작은 물방울'이야. 아마도 너희 선생님이 착각하신 것 같구나. 아빠는 네가 이 점을 꼭 이해했으면 좋겠어. 아무리 선생님이, 더군다나 네 점수를 매기시는 선생님이 정답을 '작은 물방울'에서 '수증기'로 바꾸었더라도 너는 반드시 제대로 된 사고방식을 유지해야 한단다. 선생님께 잘 보이려고 뻔히 잘못된 답을 정답으로 받아들여서는 안 돼."

너는 잠시 생각해 보고 나서 물었어.

"그럼 만약, 다음에 또 이 문제가 나오면 그때도 '작은 물방울'이라고 대답해?"

아빠는 대답했지.

"당연하지!"

그러자 네가 이맛살을 찌푸리며 말했어.

"하지만 그럼 또 점수가 깎이잖아. 이 문제 때문에 만점을 못 받게 되는걸."

아빠가 말했지.

"하지만 진짜 정답을 알고 있잖아. 진짜 정답을 고집하는 게 점수보다 중요한 거야."

너는 다시 생각해 보더니 물었어.

"어차피 내가 진짜 정답을 알고 있으니까 그냥 '수증기'라고 쓰면 안 될까? 나는 안 헷갈릴 수 있어. 하지만 '수증기'가 정답이라고 생각한 애들은 실은 잘못 알고 있는데도 만점을 받을 수 있잖

아. 나는 받을 수 없는데 말이야. 그건 불공평해!"

네가 가정하는 그 상황이 내 눈앞에 펼쳐졌어. 아빠는 속으로 네가 얼마나 억울할까를 상상하다가 하마터면, "그래, 좋아. 그게 진짜 정답이 아니란 것만 기억하고 있으면 돼."라고 말할 뻔했단다. 하지만 이 말이 입 밖으로 나오려는 순간 아빠는 망설였어. 그때 아빠의 머릿속에는 이런저런 수많은 장면과 생각들이 주마등처럼 스쳐지나갔지. 그리고 몇 초 후에야 아빠는 간신히 이렇게 말했어.

"그래도 그렇게 하는 건 옳지 않아. 아빠는 네가 점수 때문에 뻔히 틀린 답을 고르지 않았으면 좋겠어."

그 몇 초 동안 아빠는 네가 어른이 된 모습을 보았단다. 세상에는 수많은 복잡한 일들이 있다는 걸 이해하고 아빠가 내린 결정에 대해 아빠와 함께 토론할 수 있을 정도로 자란 네 모습을 말이야. 아빠는 이런 장면을 상상해 보았어. 어른이 된 너와 아빠가 어떤 일을 상의하고 있었지. 그때 너는 엄숙하고도 단호하게 말했어.

"아빠, 이렇게 하면 안 돼요!"

그래서 아빠는, "왜?" 하고 그 이유를 물었지.

너는 이렇게 말했어.

"왜냐하면 예전에 아빠가 절 이렇게 가르치지 않으셨잖아요!"

바로 그때 아빠는 한 가지 사실을 깨달았어. 오늘 내가 너에게 주는 가르침, 너에게 알려주는 원칙은 전부 미래의 각도에서 좀 더 자세히 생각해 봐야 한다는 사실을 말이야.

아빠가 믿는 원칙을 네게 강요할 수는 없겠지만, 일단 아빠가 말한 원칙을 네가 받아들이고 믿게 된다면, 나중에 네가 어른이 되어서도 자연스럽게 이 원칙에 따라 이 아빠를 바라보고 아빠가 한 일들을 평가하게 될 거야. 그러니까 너는 내 미래의 가장 중요한 감독관인 셈이지.

나중에 아빠가 크고 작은 이익 때문에 뻔히 잘못된 사실을 말할까 말까 고민하고 있을 때 네가 확실하게 '안돼요!'라고 말해 주었으면 좋겠어. 이런 미래를 위해서라면 지금의 아빠도 네가 점수 때문에 잘못된 답을 고르겠다는 데 동의하면 안 되겠지.

정직한 미래를 위해서, 우리의 정직한 미래를 위해서 아빠는 꼭 너에게 말해야겠어. 설사 만점을 받을 수 있는 기회를 놓치는 한이 있더라도 너는 여전히 '작은 물방울'을 정답으로 고집해야 한다고 말이야.

자식을 키워
노년에 대비하다

'양아방노(养儿防老)'라는 말이 있다. 이는 '자식을 키워 노년에 대비한다'는 뜻이지. 옛날 사람들은 이 말을 '적곡방기(积谷防饥)', 즉 '곡식을 쌓아 흉년에 대비한다'는 말과 함께 사용하곤 했단다. 우리는 이 말이 무엇을 의미하는지 잘 알고 있어. 곡식을 수확하면 그 일부분을 저장해서 흉년에 대비하는 것처럼 자식을 기르는 것도 일종의 '저장'과 같아서 지금 심신과 시간을 쏟아 자녀들을 키우고 나면 나중에 늙어서 몸도 마음도 쇠약해졌을 때 어른이 된 자녀들이 우리를 부양한다는 뜻이지.

'양아방노'의 이런 전통적인 의미는 눈에 띄게 변화하고 있는 것 같구나. 가정의 구조가 달라지고 출산율이 저하되면서 자녀가 부모의 노후 생계를 보장해 줄 가능성도 점점 희박해지고 있어. 이런 변화에 발 맞춰서 현대사회에는 각종 보장 시스템이 생겨났단다. 퇴직금제도, 연금제도, 곳곳에 들어서는 양로원 등등. 이 모든 것이 자녀에게 기대지 않고 노년을 보낼 수 있도록 도와주는 시스템이지.

그런데 최근 사회에서 발생하는 각종 문제들을 보면서 아빠는 이 '양아방노'의 의미를 조금 다르게 생각하게 되었단다.

늙는다는 건 무엇일까? 아빠는 오랜 시간 알고 지냈던 사람들을 통해서 몸의 체력이 쇠약해지기 전에 그 밖의 변화를 보았단다. 바로 젊었을 때 가지고 있던 이상과 꿈이 퇴색되고 현실적이고 통속적인 생각들이 인생에서 더욱 중요해지면서 품성과 원칙에 대한 고집마저도 하루하루 느슨해지는 모습을 말이야.

나이가 들어감에 따라 사람은 필연적으로 사회와 점점 더 복잡한 관계를 맺게 된단다. 그래서 더 이상 예전처럼 단순하고 순진한 시야를 간직할 수가 없어. 나이가 들어감에 따라 사람의 욕망과 경쟁심은 더욱 강해지고, 보고 듣고 느끼는 유혹도 점점 더 늘어난단다.

늙는다는 건 우리가 다양한 선택의 길에서 더 이상 아무 고민 없이 정직한 사람이 되기를 선택하지 않게 되었다는 것을 의미해. 그러나 부정직한 일이 눈앞의 만족을 가져다줄지는 몰라도 그 뒤에는 반드시 모든 것을 파멸시키는 어두움이 따른다는 사실을 염두에 두지 않으면 안 된다.

자신의 신념에 따라 이러한 노화에 저항하기란 매우 힘든 일이야. 그래서 우리는 누군가의 도움이 절실히 필요하지. 특히 젊은 사람들이 나이든 사람들을 일깨워주는 게 필요해.

아빠는 아이를 잘 교육하고 정직과 도덕의 원칙을 심어 주는 것이야말로 노화를 방지하는 가장 좋은 방법이라고 생각한단다. 우리가 천천히 중년에 접어들면서 아이들도 천천히 성장하지. 우리가 현실의 유혹을 가장 많이 받는 시기에 들어설 무렵이면 우리의 자녀들도 열정과 이상이 가장 충만한 젊은이가 되어 있는 거야. 이때 아이들의 마음속엔 아직 검은 욕망도, 관계에 대한 복잡한 고민도 없지. 아이들은 아직까지 원칙을 믿고, 이상을 위해 몸을 던지겠단 각오도 되어 있어.

우리에게 어린아이가 있기에 우리의 젊었을 적 이상과 꿈이 저장될 수 있는 거란다. 우리가 이상과 꿈을 잊게 되면 너희는, "예전에 저를 이렇게 가르치지 않으셨잖아요!"라며 우리를 일깨워주고, 유혹의 힘에 못 이겨 우리가 부정직한 길을 걸으려고 하면, "이러면 안 돼요!"라고 우리에게 항의하는 거야. 너희 같은 젊은 자녀들이 뒤를 돌아보면서 우리와 같은 부모 세대를 지켜주는 거지. 우리의 자아가 시간 속에 부식되어 잊혀 사라지지 않도록, 그리고 자기 자신과 주변 사람들이 안타까워할 만한 일을 저지르지 않도록 말이야.

'양아방노'란 이런 식으로 '자식을 키워 노년에 대비하는 것'이란다. 아빠는 반드시 온 힘을 다해 지금 이 시기에 네가 꿈을 만들어 갈 힘과 이상을 향해 나아갈 수 있는 용기를 지켜줄 거야. 그러면 나중에 언젠가 필요할 때 네가 아빠를 지켜주겠지. 이 아빠가 꿈과 이상의 젊은 에너지로 정정당당하게 인생의 황혼에 들어설 수 있도록 말이야.

열정 속에 사는
사람들 틈에서

네가 한 살 하고 9개월 정도 되었을 때, 아빠는 처음으로 너를 문예캠프에 데리고 갔어. 가오슝(高雄) 중산대학(中山大学)의 마지막 에세이 반 수업이었지.

수업이 끝나고 아빠는 학생들의 요청에 따라 너를 교실로 데리고 갔어. 그러자 수많은 사람이 앞 다투어 단체사진을 찍으러 왔어. 물론 다들 흥분한 말투로 너를 칭찬하는 것도 잊지 않았지.

"선생님의 따님, 너무 귀여워요!"

사람들의 그런 칭찬이 진심이든 아니면 그저 예의상으로 하는 말이든, 이 아빠는 아빠로서의 자부심, 아니, 사실은 허영심 때문에 그 말을 듣고 아주 기뻤어. 하지만 그 후 몇 년간 매 해 여름방학마다 너를 문학캠프에 데려갔던 건 결코 이 허영심 때문이 아니란다. 우리는 관두(关渡), 타이난(台南), 지롱(基隆), 신주(新竹) 등 여러 곳에 함께 갔었지.

아빠는 '나한테 이런 딸이 있다'고 사람들에게 자랑하기 위해서 널 데리고 다녔던 게 아니란다. 아빠는 다만, 세상에는 공통된 흥미를 가지고 모여서 함께 공통의 즐거움을 느끼는 사람들이 있다는 걸 네가 보고 자라기를 바랐던 거야.

이곳에 억지로 온 사람은 단 한 명도 없단다. 오히려 수많은 사람이 매년 문예캠프가 열리기를 기다렸다가 앞 다투어 등록하곤 하지. 이곳에서는 어떤 사람들을 만나게 될까, 어떤 수업을 듣게 될까 궁금해 하면서 말이야.

그리고 요 3,4일 간 강사 휴게실에 들락날락했던 아주머니, 아저씨들도 있지. 다들 무더운 여름 날씨에 먼 길을 마다않고 온 사람들이야. 뭣 때문에 왔는지 모르겠다고 불평하는 사람은 단 한 명도 없단다. 오히려 초청을 받지 못하거나 너무 바빠 도저히 올 수 없게 되면 불평을 하는 사람들이 있을 뿐이지. 왜냐하면 이건 우리에게도 매 해 오랜만에 얼굴을 보며 이야기할 수 있는 소중한 기회거든.

여기에서 우리가 문학에 대해서만 이야기하는 건 아니란다. 대부분은 서로 못 만났던 시간 동안 있었던 일들을 이야기하기도 하고, 모두가 신나게 웃을 수 있는 농담을 주고받는가 하면, 누구나 걱정하는 정치와 경제 이야기를 하거나 최근 가장 떠들썩한

스캔들 얘기를 할 때도 있어.

그러다가 수다소리가 조금씩 잦아들기 시작하면 우리는 자연스럽게 서로 물어보지.

"요즘 무슨 글을 써?"

누구나 이제 막 완성한 글이나 이제 막 쓰기 시작한 글, 아니면 오랫동안 구상했던 글이나 오랫동안 썼지만 완성하지 못한 작품들을 가지고 있어. 맞아. 우리는 모두가 창작자란다. 창작 속에서 가장 큰 고통을 받아야만 가장 큰 즐거움을 얻을 수 있는 사람들. 이 공통된 신분으로 인해서 우리는 별다른 말을 하지 않아도 특별히 친근한 분위기를 느낄 수 있단다.

다른 사람들의 눈에는 이처럼 매 해 열리는 문예캠프가 그저 일종의 '제사의식' 정도로 보일 수도 있겠지. 하지만 '제사의식'이 과거에 마을의 단결을 담당했던 것처럼 우리도 이런 의식을 통해서 다시 한 번 깨닫는단다. 자신이 문학인들 틈에서 살아가고 있다는 사실을, 따라서 우리는 결코 외롭지 않다는 사실을 말이야.

비슷한 취미를 가진 사람들은 아주 특별하고 강한 분위기를 만들어낸단다. 이 사람들이 명예를 위해서도 아니고, 돈을 위해서도 아니고, 오로지 문학에 대한 흥미만으로 뿜어내는 독특한 열정을 네가 느낄 수 있었으면 좋겠어. 그리고 아빠가 이 사람들과 함께할 때의 즐거움과 만족감도 네가 보고 느끼기를 바란다.

아빠는 네가 아빠와 똑같이 문학을 좋아하고 문학창작에 열중

하기를 바라는 마음은 전혀 없어. 그렇지만 아빠는 진심으로 기대하고 있단다. 나중에 네가 자라서 자신의 열정과 다른 사람의 열정을 소중히 여기기를, 긴 팔을 내밀어 너와 같은 열정을 가진 사람들의 손을 잡기를, 그리고 이 사람들에게 기대어 너의 열정을 지키고 열정의 불을 더욱 키워 나가길, 이로써 우리의 열정을 위협하는 세상의 공격을 막아낼 수 있기를 진심으로 기대한단다.

네가 처음으로 아빠에게 선물한
아버지날의 선물.
흠, 다들 이게 누굴 닮았는지 알아채더구나!

내게 익숙한 것을
사랑하다

내 기억에 아빠는 아빠의 이름에 대해 별다른 불만을 가져본 적이 없어. 특별히 좋아한 적도 없고 싫어한 적도 없고, 그건 그저 내 이름일 뿐이거든.

마찬가지로 초등학교와 중학교는 당연히 집 근처에 있는 학교에 진학했어. 등록이나 반편성은 전부 학교의 결정에 따랐고, 그 후에는 배치 받은 학급에서 배치 받은 자리에 앉아 수업을 듣고 주변 친구들을 사귀었지. 아빠는 단 한 번도 내가 이 반이 아니었다면 어떨지 생각해 본 적이 없었단다. 더 '좋은' 다른 반으로 옮기면 어떨지는 더더욱 생각해 본 적이 없고 말이야.

그러니까 아빠는 줄곧 내가 어떤 이름을 갖는지, 어떤 학교에 다니는지, 어떤 친구들을 사귀는지, 이런 일들을 나 스스로 선택할 수 있다고 생각해 본 적이 없었어. 다른 선택의 여지가 없으니 비교할 일도 없었지.

아빠는 종종 이런 생각을 하곤 한단다. 어린 시절 '선택 의식'이 부족했던 게 정말로 나쁜 일이었을까 하고 말이야. 선택의 여지가 없다고 생각하면 자연스럽게 현실을 받아들이는 태도를 취하게 되거든. 그래서 아빠는 환경에 쉽게 적응하고 내게 있는 모든 것을 쉽게 사랑할 수 있었어.

사람은 본능적으로 낯선 것에 대해 일단 적대적인 감정을 품고 저항하게 마련이야. 이것은 진화하는 과정에서 형성된 자기 방어기제란다.

왜 '첫눈에 반한 사랑'이 낭만적인 걸까? 왜냐하면 우리가 처음 보자마자 예쁘다고 느끼게 되는 사람을 만나기란 아주 어려운 일이거든. 그래서 '첫눈에 반한 사랑'은 부자연스러워. 오히려 '콩깍지가 씌는 것'이 자연스럽지. 익숙해져야 아름다움이 보인단다. 아름다움과 친근함은 밀접한 관계가 있어서 자신과 친한 사람은 못생겨 보이지 않거든.

아빠는 상대적으로 빈곤했던 그 시절에 선택이 사치였단 사실이 다행스럽단다. 선택의 여지가 없는 상황에서 우리는 자기 자신, 자신의 이름, 자신의 집, 자신의 생활, 자신의 학교, 자신의 친구 등을 있는 그대로 받아들였어. 그것들은 처음부터 우리가 선택할 수 없는 것들이거든. 하지만 억울하다거나 속수무책이라고 느끼지 않았기 때문에 그냥 받아들이고 익숙해졌어. 그러면서 자연스럽게 좋아하고 소중히 여기게 되었지.

아빠는 다른 사람을 부러워하는 데 시간을 사용하지 않았어. 나 자신, 내 이름, 우리 집, 내 생활, 내 학교, 내 친구들을 바꿀 생각을 하는 데는 더더욱 시간을 쓰지 않았지. 아빠는 일찍이 나 자신을 그 유일한 상황에 정착시키고, 그 모든 것에 익숙해지고, 그 모든 것을 받아들이는 데 모든 시간을 쏟았어.

지금 너에게는 아빠가 자랄 때보다 훨씬 많은 선택의 여지가 있단다. 네 친구들 중에는 어린 나이에 벌써 몇 번씩이나 영어 이름을 바꾼 아이들이 있고, 그런 아이들은 나중에 크면 엄마 아빠가 지어 주신 중국어 이름까지도 바꿀 수 있지.

너희는 일찍부터 일반반과 음악반을 선택해서 진학할 수 있고, 각 학교의 음악반 명성이 서로 다르다는 것도 알고 있어. 이 모든 것이 장래 너희에게 강한 자유의식과 자주관념이라는 중요한 가치를 심어 줄 거야.

그러나 아빠는 네가 자유와 자주를 추구하는 과정에서 주변에 이미 존재하는 것들을 마음속으로 받아들이는 능력을 잃지 않았으면 좋겠어. 먼 곳의 풍경을 바라보느라 자기와 익숙한 환경에서 얻을 수 있는 안정감과 평화, 그리고 휴식을 잊지 않기를 바란다.

자신이 이해하지 못하는
책을 아끼다

한 출판사에서 헤르만 헤세의 『데미안』을 재판(再版)하는데 아빠가 그 책에 대한 소개 글을 쓰기로 했단다. 새로 번역한 원고가 도착하자 아빠는 너의 피아노 소리를 들으며 다시 한 번 『데미안』을 읽었어. 중학생 시절 연이어서 헤세의 작품을 읽었던 때가 있었지. 맨 처음엔 『데미안』을 읽었고, 두 번째로는 『크눌프』, 세 번째로 『향수』, 네 번째로 『싯다르타』, 이런 식으로 한 권 한 권 계속해서 읽어 나갔어.

게다가 아빠는 아무렇게나 마음 내키는 대로 읽었던 게 아니야. 매일 아침 5시 반 자명종이 울리면 일어나서 책상에 앉아 책장을 펴고 한 글자씩, 한 줄씩 꼼꼼히 읽었어. 학교에 가야 할 시간까지 말이야.

아빠는 책을 읽기 전에 아침밥을 먹었는지, 무엇을 먹었는지는 완전히 까먹었지만 책상 위에 놓여 있던 20와트짜리 형광 스탠드의 불빛이 책장을 비추던 그 빛은 또렷이 기억한단다.

왜 그렇게 열심이었던 걸까? 솔직히 그때의 나는 헤세의 책을 이해하지 못했단다. 정말이지 하나도 이해하지 못했어. 저녁이면 스스로에게 아침에 무엇을 읽었는지 물어봤지만 아무리 생각해 봐도 머릿속은 텅 비어 있었단다.

하지만 아빠는 이 사실을 인정하고 싶지 않았어. 계속 읽다 보면 낯설기만 했던 문구도 언젠가 문득 깨닫게 되는 날이 올 거라고 생각했지. 한편으로는 호기심도 있었어. 이해할 수 없는 문구들 사이에는 나를 계속 읽어나가도록 끌어당기는 뭔가 독특하고 신비한 매력이 있었거든.

독서를 즐겼다기보다 막 동이 트기 시작할 무렵 저 멀리 이해할 수 없는 사물과 연결되어 있던 느낌을 즐겼다고나 할까. 이성으로 장악할 수 없기에 언어로 표현할 수는 없었지만 그래도 내 몸과 마음의 가려운 곳을 긁어 주는 것 같은 독특한 느낌이 있었지. 아빠는 오랫동안 헤세의 책을 읽었지만 그 내용을 흡수할 능력은 없었어. 아빠는 나중에 나 자신의 독서 능력과 이해 능력이 더 강해지고 성숙해지면 그때 또다시 헤세의 작품을 읽겠다고 다짐했단다.

몇 년 후 고등학교 3학년 때, 아빠는 무심결에 책장에서 『데미안』을 꺼내들어 책장을 넘겼어. 그러다가 이런 문장을 만났지.

"모든 사람은 반드시 자신을 위해 허락된 것과 금지된 것을 찾아내야 한다. …… 어떤 사람은 자신의 행위에 대해 책임지는 일을 소홀히 하거나 게을리 하면서 그저 다른 사람이 정한 금지사항만 어기지 않으면 된다고 생각한다. 왜냐하면 이렇게 하는 것이 편하기 때문이다. 또 어떤 사람은 마음속에 자신만의 규율이 있다. 모든 사람은 반드시 자신의 행위에 대한 책임을 져야 한다."

아빠는 깜짝 놀랐어. 이건 분명 나 자신의 신념이었거든! 다시 책장을 넘겨 읽으면서 아빠는 더욱 놀랐어. 책 속의 줄거리와 내용이 낯설어서 그 다음에 무슨 일이 벌어질지는 예측할 수 없었지만, 책에서 말하고 있는 빛과 어둠의 세계, 개인의 선택 등에 대한 생각은 나에게도 너무나 익숙한 것이었거든!

그때 아빠는 정말로 『데미안』을 이해하지 못했던 걸까? 아니면 한 글자 한 글자, 한 문장 한 문장이 사실은 내 머릿속에 들어와 내 생각과 감정에 영향을 주었던 걸까? 아니면 원래 나 자신에게 이런 성향이 있었기 때문에 이해하지 못하면서도 헤세의 책을 포기하지 않았던 걸까?

지금까지도 아빠는 그 답을 모른단다. 하지만 이 사실만은 알고 있어. 극도로 예민한 감수성이야말로 소년 시절의 가장 큰 보물 중의 하나라는 것을. 그때그때 흡수하고 그때그때 반응하며 설사 낯설고 멀게 느껴지는 것이라도 경솔하게 거부해서는 안 된단다. 인생에는 우리가 상상하는 것보다 더 큰 공간이 있어서 수많은 다양함을 담아낼 수 있거든.

아빠는 아빠가 사랑하는 책과
아빠가 읽었던 책을 네 곁에 놓아두었단다.
언젠가 너는 그 중의 한 권을 펼쳐서
그 전까지 접해 보지 못했던
세상의 풍경을 보게 되겠지.

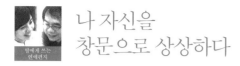

나 자신을
창문으로 상상하다

2주 동안 연달아 고등학교 세 곳에 가서 바이셴용(白先勇)과 위광중(余光中)에 대한 강의를 했어. 출발하기 전에는 항상 조금씩 망설였고 강의를 끝내고 돌아오는 길에는 힘이 풀리고 후회하는 마음이 들었지. 도대체 내가 뭘 하고 있는 건가 확신이 없었거든. 고등학교 시절에 아빠가 가장 싫어했던 일은 억지로 강의를 듣는 거였어. 어렸을 때부터 주간(週間)회의에 참석하면서 아빠는 강단에 서서 연설하는 어른들이 하는 말은 오직 두 종류의 내용뿐이라고 생각했단다. 하나는 우리가 이미 수천 번씩이나 들어왔던 뻔한 내용이고, 나머지 하나는 연설하는 사람 자신조차 믿지 않고 할 수도 없어 보이는 그런 가르침이었지. 앞의 내용에는 넌덜머리가 났고, 뒤의 내용은 가식적으로 여겨졌어.

고등학교 3년 동안 아빠가 의미 있고 뭔가를 배웠다고 느꼈던 강의는 딱 한 번뿐이었어. 바로 주시닝(朱西甯) 선생님의 '문학과 사회'에 대한 강의였지. 강의 당일에는 해가 크게 떠 있었고, 방과 후 4시의 강당 안은 굉장히 무더웠어. 땀방울이 쉬지 않고 등줄기를 따라 흐르는 걸 느낄 수 있을 정도였단다.

주 선생님은 부드럽고 우아한 목소리로 별다른 감정기복 없이 차분하게 강의하셨어. 아빠는 금세 주변 친구들의 머리가 위아래로 흔들리는 걸 발견했어. 조금 더 시간이 흐르자 몰래 책가방을 메고 뒷문으로 빠져나가는 학생들이 늘어났어. 하지만 이런 분위기는 아빠에게 조금도 영향을 주지 않았단다. 아빠는 처음부터 끝까지 흥분상태로 주 선생님의 한 마디 한 마디를 마음에 새겼어.

그날의 강의는 '건청사(建青社)'에서 주관했는데, 그들에게는 억지로 학생들에게 강의를 들으라고 강요할 만한 권한이 없었어. 아빠는 완전히 자발적으로 참여한 거야.

그 후로도 아빠는 한동안 주 선생님이 쓰신 소설에 목말라서 한 권씩 한 권씩 읽어 나갔단다. 선배를 따라 주 선생님 댁을 방문하기도 했어. 아빠는, 주 선생님은 다른 강사들처럼 그렇게 마음에서 우러나지도 않는 말은 하실 리가 없다고 믿었단다.

오랫동안 아빠에게 강의를 요청하는 학교들이 있었어. 그럴 때면 아빠는 항상 먼저 이렇게 질문했지.

"학생들이 자발적으로 듣는 건가요?"

만약에 아니라면 아빠는 요청을 거절했어. 아빠는 강당 한가득 억지로 끌려온 수백 명의 학생을 마주하고 당당하게 내 강의를 이어나갈 자신이 없었거든. 강의를 하다 보면 아빠가 어렸을 적 느꼈던 감정이 떠오를 텐데, 그렇게 되면 소년 시절의 나 자신을 배반하는 느낌이 들 테니까 말이야.

아마 2년 전이었을 거야. 고등학교 여선생님 한 분이 아빠의 결심을 바꿔놓았단다. 하루는 그분이 아빠에게 전화로 전강의 요청이 왔는데 아빠는 그 요청을 아주 예의바르게 거절했어. 전교 주간회의 시간에는 강의를 할 수 없다고 말이야. 그리고 그 이유도 솔직하게 설명했지.

그 선생님은 조금 흥분한 듯 말했어.

"하지만 어쨌든 주간회의는 열리는 걸요!"

그 말을 듣고 아빠는 하마터면 웃음을 터뜨릴 뻔했어. 어쨌든 주간회의를 하니까 당연히 나도 그곳에 가서 강의를 해야 한다는 뜻이냐고 묻자 그런 뜻이 아니란다. 그러면서 그 선생님은 이렇게 설명했어.

"우리 학생들은 평소에 새로운 사람을 만나고 새로운 생각을 접할 기회가 없어요. 그래서 주간회의 시간에 새로운 분을 모셔 와서 이야기를 들어 보면 어떨까 생각한 거예요. 선생님께서 안 오신다면 저는 다른 분을 찾아봐야 하는데, 기꺼이 오시겠다고 하는 분들은 또 뻔하고, 예전과 비슷한 얘기만 하실 것 같아서요.”

“하지만 제가 말한다고 해서 학생들이 제대로 들을까요?”

“당연히 모든 학생이 다 제대로 듣는 것은 아니겠죠. 하지만 분명히 몇 십 명 정도는 제대로 들을 거예요.”

아빠는 그만 그 선생님한테 설득당하고 말았어. 수백 명 중 몇 십 명, 심지어 단 몇 명을 위해서라도 강의를 하겠다는 마음이 섰지. 단 한 명이라도 아빠의 이야기를 들어준다면 아빠의 시간과 정신도 완전한 낭비는 아닐 거란 생각이 들었어. 아빠는 아빠 자신을 하나의 창문으로 상상해 보았지. 다양한 인생의 풍경을 열심히 준비해 놓고 학생들이 바라봐주기를 기다리는 창문이라고 말이야. 어쩌면 그 짧은 한두 시간 사이에 정말로 몇 명은 때마침 눈을 뜨고 자기들이 보지 못했던 갖가지 꽃과 나무를 발견할 수도 있겠지.

강당을 가득 메운 고등학생들을 상대로 강의하는 일은 결코 쉽지 않단다. 아빠는 종종 녹초가 되어 목이 잠긴 상태로, 돌아오는 기차에 쓰러지곤 하지. 그럴 때마다 아빠는 이 말로 스스로를 위로한단다.

“창문은 결코 힘들다고 소리치지도, 불평하지도 않아.”

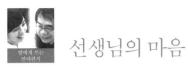

선생님의 마음

금요일 저녁, 아빠는 너를 데리고 피아니스트 안스네스(Leif Ove Andsnes)의 음악회를 들으러 갈 수가 없었어. 왜냐하면 수업이 있었거든. 금요일에는 '중국 역사 재인식'이라는 수업을 하는데, 중국의 문명 기원에서부터 시작하여 가르친 지 거의 2년이 되어 지금은 한대(漢代)에 대해 강의하고 있단다. 금요일 수업 시간, 네가 들으러 갔던 음악회보다도 긴 시간 동안 아빠는 『사기(史記)』에 나오는 『이장군열전(李將軍列传)』에 대해서만 강의했어. 『이장군열전(李將軍列传)』은 리광의 생애에 대한 기록이란다.

아빠는 참석한 모든 수강생들이 아빠를 따라 『이장군열전(李將軍列传)』을 한 자 한 자 신나게 읽어나가는 모습을 바라보았어. 물론 아빠는 수업시간에 한나라와 흉노의 관계와 관계의 변화, 그리고 중간에 발생했던 중대한 사건들에 대해서도 보충해서 설명했어. 하지만 아빠는 수강생들이 하루 종일 일하고 와서 수업을 들으면서도 졸지 않고 정신을 집중할 수 있었던 건 순전히 태사공 사마천의 뛰어난 글 솜씨 덕분이었다고 생각한단다.

리광이란 사람의 성격에 대한 묘사나 그가 몇 차례나 용감하게 흉노에 대항했던 일, 그리고 그의 비극적인 결말 등 수강생들을 잠 못 들게 한 이야기는 아빠가 아니라 사마천이 들려준 것이지. 어쩌면 사마천이 이 아빠를 통해 수강생들에게 평생 잊지 못할 이야기를 들려준 거라고도 할 수 있겠구나.

이 일을 겪으면서 아빠는 몇 년 전에 진행했던 또 다른 수업이 생각났어. 아빠는 '20세기 중국어 명작 선독'을 강의했는데, 그때 쉬즈모(徐志摩)의 작품에 대한 이야기가 나왔지. 그때 마침 TV에서는 『인간사월천(人间四月天)』이란 드라마를 방송하고 있었는데, 바로 쉬즈모에 대한 이야기였어. 이 드라마는 많은 사람이 시청하면서 선풍적인 인기를 끌었지. 아빠는 쉬즈모의 낭만적인 일화에 대해서는 더 이상 얘기하고 싶지 않았어. 『인간사월천』에 대해 토론하고 싶은 생각도 없었지. 아빠는 한참을 고민한 끝에 색다른 방식으로 수업을 진행하기로 결심했단다.

아빠는 쉬즈모의 『자부(自剖)』, 『재부(再剖)』, 『내가 아는 캉차오(我所知道的康桥)』 등 세 편의 에세이를 고르고, 거기에 후스(胡适)에게 보내는 장시를 더했어. 수업시간에는 되도록 다른 이야기는 하지 않고 세 편의 글과 한 편의 시를 한 글자 한 글자씩 읽어 나갔지. 이런 수업 방식이 체계가 없고 게을러 보인다는 것은 아빠도 잘 알고 있단다.

'선생님이란 사람이 아무런 준비도 없이 글만 읽어 대는 게 수업이라고? 수강생의 항의가 무섭지도 않나?'

아빠는 모험을 해보기로 했어. 다행히 모험의 결과는 만족스러웠단다. 내 예상은 틀리지 않았어. 『인간사월천』이 인기리에 방영 중이었지만 조용하고 차분하게 쉬즈모의 작품을 읽어 본 사람은 거의 없었거든. 쉬즈모에게 시간을 들여 그의 글 속에 흐르는 낭만적인 정서, 자기 자신과 대화하고 따지고 해명하는 데서 오는 곤혹감, 곤혹감 속에서도 왕성하게 흘러넘치는 인생에 대한 호기심, 나아가 주변 세계에 대한 가장 날카로운 관찰력 등을 느낄 기회가 없었던 거야. 쉬즈모를 이해하는 가장 좋은 방법은 그저 쉬즈모의 글에 시간을 내어주고 그의 글이 차분히 우리에게 말하도록 하는 거란다.

아빠는 사실 선생님 행세를 하고 남들에게 뭔가를 가르치는 것을 그다지 좋아하지 않아. 하지만 아름다운 사물이 나를 통해 다른 사람에게 전달될 때의 기쁨은 좋아하지. 아빠가 맡은 역할은 학생들이 평범한 일상에서 벗어나 태사공이 말하는 이야기나 쉬즈모가 털어놓는 섬세한 감정을 들을 수 있는 환경을 만들어 주는 거란다. 아빠가 필요한 이유는 우리 같은 일반인들의 일상생활이 태사공이나 쉬즈모와는 너무 멀리 떨어져 있어서 그들에게 마음속 자리를 내어주지 않기 때문이지.

아빠는 이 일을 사랑한단다. 왜냐하면 반드시 내가 먼저 아름다운 것을 발견하고 감동받아야만 수강생과 마주하고 함께 즐길 수 있으니까. 아름다움을 추구하고 발견하는 일은 추악한 일을 추구하고 발견하는 일보다는 유쾌한 일이잖니!

이게 바로 선생님의 마음이란다. 그리고 네가 느끼기를 바라는 인생의 또 다른 즐거움이지.

자기와 다른 친구를
많이 사귀어라

몇 년 전, 아빠는 고등학교 시절의 경험과 기억들을 에세이로 써서 출판한 적이 있단다. 그럭저럭 가깝게 연락하며 지내던 친구가 신문에 그 책에 대한 평론을 실었는데 너무나도 부정적인 평론이라서 어쩔 수 없이 나도 그 평론에 대해 반박하고야 말았어. 내 반박에는 아무래도 불쾌한 감정이 들어 있었겠지. 그 이후로 그 사람과는 친구관계를 끊었단다.

아빠는 남들이 내 생각에 동의하지 않더라도 담담하게 받아들일 수 있어. 남들이 아빠의 작품이 별로라고 비판해도 크게 신경 쓰지 않을 수 있지. 하지만 그 평론에는 아빠가 절대로 용납할 수 없는 말이 들어 있었어. 그는 아빠의 추억이 진실하지 않다며, 이 아빠와 아빠의 친구들이 소년 시기에 정말로 그렇게 생각하고 행동했을 리 없는데, 아빠가 쓴 글이 나중에 고쳐지고 날조된 것이라고 맹비판을 했거든.

아빠는 참을 수가 없었어. 그 평론을 쓴 사람은 고등학교 시절의 나를 알지도 못하면서, 그리고 작품 속에 등장하는 아빠의 친구들을 단 한 명도 모르면서 아주 당연하다는 듯이 아빠가 쓴 내용이 거짓이라고 단정 지었어. 이러니 내가 어떻게 참을 수 있었겠니?

나도 이해는 한다. 그 사람은 자기의 소년시절 경험과 자기가 보고 들었던 주변사람들의 소년시절 경험을 근거로 그런 판단을 내렸을 거야. 그 사람은 자기 자신을 기준으로 삼아 이 아빠가 책에서 쓴 것처럼 고등학교 시절을 보낸 사람이 있을 거라고는 상상하지 못했어. 그래서 경솔하게도 그건 분명히 거짓이라고 주장한 거지.

친구 한 명을 잃는 대가를 치르더라도 아빠는 내 자신의 기억과 내 고등학교 친구들의 진짜 경험을 위해 나서야 했단다. 그리고 더욱 중요한 건 그런 독단적인 태도에 대해서, 자기와 다른 인생경험을 거짓이라고 판정해 버리는 독단적인 태도에 대해서 반대해야만 했어.

여기엔 아빠가 진정으로 친구들을 아끼는 마음이 들어 있단다. 소년시절 아빠는 친구들을 보면서 수많은 놀라움과 충격을 받았어. 아빠의 가장 친한 친구들은 대부분이 이 아빠와는 완전히 다른 성장 배경을 가지고 있었어.

아빠는 그 친구들을 보면서 사람들이 자라온 환경이 이렇게나 제각각일 수 있단 걸 깨달았지. 이 친구들을 통해서 아빠는 아빠의 경험이 얼마나 보잘 것 없는지를 깨달았단다. 그리고 자기중심적으로 경솔하게 다른 사람들의 생각을 재단해서는 안 된다는 것도 배웠어.

너는 어렸을 때부터 학교 가는 걸 좋아하는 아이였지. 그러니까 학교에 가서 친구들과 함께 어울리는 게 너에겐 무엇보다도 중요하고 즐거운 일이었지. 선생님은 네가 점심시간에 젓가락을 들고 친구들 사이를 왔다 갔다 하느라 밥 먹는 것조차 까먹고 낮잠시간이 되어서야 급히 몇 숟가락 떠먹다가 남은 밥은 버린다는 얘기를 해주셨어. 또 선생님이 네게 숙제를 나눠주라고 시키면 너는 절반 정도 나눠주다가 친구가 부르는 소리에 어디론가 사라진다는 얘기도 하셨지. 더 심각한 건 너와 친구들이 수업시간에 집중하지 않고 쪽지를 주고받는다는 사실이었단다.

선생님에게 이런 얘기를 듣고 아빠는 다시 한 번 너에게 학교 단체생활에 대한 규칙을 설명하고 그 규칙을 준수할 것을 요구했어.

하지만 그와 동시에 걱정스런 마음도 있단다. 아빠는 네가 친구들에 대한 아빠의 생각을 오해하지 않았으면 좋겠어. 아빠는 네가 친구들에게 나쁜 물이 들었다고는 생각하지 않는단다. 그리고 그런 이유로 네가 친구들과 멀어지기를 바라지도 않아. 아빠는 여전히 네가 진심을 다해 친구들을 사귀기를 바란단다. 특히 너와 다른 친구들을 말이야.

　인생을 길게 보면, 우리는 친구들을 통해 인간의 다양성을 인식하고 그 다양성에 익숙해질 수 있는 거란다. 그저 참아내는 게 아니라 한 발 더 나아가 인간의 다양성에 대해 감탄할 수 있다면 그건 앞으로 네 삶을 풍부하고 즐겁게 만들어주는 중요한 자산이 될 거야. 아빠는 절대로 네게서 그 자산을 빼앗고 싶지 않단다.

상하이에 있는 루쉰(魯迅) 생가에서.
내가 루쉰과 논쟁하는 걸 보고
너는 옆에서 배를 잡고 웃었지.

열정이 가져다주는
가장 큰 매력

라디오 방송을 진행하다 보면 사람들이 예의상, "매일 프로그램을 진행하려면 쉽지 않겠어요. 수고가 많으시네요!"라고 말해주는 경우가 종종 있단다. 그럴 때마다 아빠는 그런 사람들에게, "조금도 힘들지 않아요. 매일 사람들하고 수다 떠는 일이 즐겁기만 한 걸요."라고 대답하지.

아빠의 이 말은 1백 퍼센트 진심이란다. 아빠는 수년간의 경험을 통해 라디오 청취자들의 마음을 어느 정도 이해하게 되었어. 라디오는 TV처럼 그렇게 동영상으로 시선을 끄는 것도 아니고, 문자처럼 그렇게 자기가 원하는 속도로 읽어 내려갈 수 있는 것도 아니야. 그래서 사람들이 귀 기울이도록 하려면 수다를 떠는 방식이 가장 효과적이지. 녹음실 안에 있는 사람들이 자유롭게 수다를 떨면서 흥이 날수록 더 많은 청취자를 사로잡을 수 있 단다.

아빠는 프로그램에서 다른 사람들이 '심오하다'고 생각하는 내 용에 대해 이야기하는 걸 두려워해 본 적이 없어. 내게 중요한 건 심오한지 아닌지가 아니라 게스트가 가장 익숙하고 자신 있고 흥미를 느끼는 화제에 대해 얘기할 수 있는 분위기를 만들어내 는 거야. 어쩌면 게스트가 관심을 갖는 화제가 일반인들이 평소 에 접하던 것과는 다를 수도 있어. 하지만 아빠의 경험상 말하는 사람의 열정은 음파를 통해 청취자에게 전달되고 결국에는 청취 자들의 귀를 사로잡는단다.

아무리 인기가 없고 어려운 분야의 내용이라도 열정이 더해지 면 재밌게 변할 수 있어. 반대로, 아빠가 프로그램을 맡으면서 가 장 두려워하는 상황은 첫 번째가 게스트의 말에 내용이 없는 경 우이고, 두 번째가 게스트가 진지하게 원고만 읽는 경우란다. 누 군가와 수다를 떠는데 적어도 그 전에는 내가 몰랐던 사실에 대 해 얘기해야 뭔가 얻는 것이 있지 않겠니? 상투적인 말만 해대 거나 조금만 이야기를 나눠 봐도 자기만의 관점이나 의견이 없 어 보이는 게스트를 만나게 되면 나도 표정관리를 할 수가 없단 다. 아빠가 아무리 아닌 척 해봤자 썰렁한 분위기를 감출 수는 없 거든.

그리고 수다를 떨 때는 반드시 나처럼 수다 떠는 걸 좋아하는 사람을 찾아야 한단다. 상대방이 그저 연설만 늘어놓고 싶어 한다면 나 혼자서 아무리 노력해 봤자 대화가 이어지지 않거든. 더 큰 문제는 이거야. 그런 식으로 폼 잡는 연설을 어느 누가 듣고 싶어 하겠니?

열정은 상대와의 거리를 좁히는 데 가장 좋은 도구일 뿐만 아니라 유일한 길이란다. 열정은 만난 적도 없고 눈으로 볼 수도 없는 청취자들에게 신뢰감을 주지. 이 신뢰가 청중들의 마음을 열고, 그들이 즐겁게 이야기 속 내용을 받아들이고, 말하는 사람과 이야기의 내용에 친근함을 느끼도록 해주는 거란다.

얼마 전에 아빠는 한 라디오 방송 시상식의 심사위원을 맡아 달라는 요청을 받았어. 후보 명단을 보고서 아빠는 아주 깜짝 놀랐단다. 아빠가 선호하는 방식으로 진행하는 프로그램은 명단에 거의 없었거든. 진행자의 딱딱하고 부자연스러운 말투는 대화하는 느낌이 아니었어. 분명 앞에 놓인 원고를 한 글자 한 글자씩 읽은 거겠지. 게다가 원고는 판에 박힌 말과 지극히 평범한 상식들로 가득했어. 그 중에는 잘못된 헛소문들도 있었단다. 그 사람들은 '프로그램은 원래 이렇게 만드는 것이고, 이렇게 만든 프로그램만이 상을 받을 자격이 있다'고 생각하는 것 같았어.

아빠는 심사위원 맡는 일을 거절했지. 그리고 조금은 무례하게 아빠의 생각을 밝혔어. "나는 내 인생을 낭비하면서 이런 라디오를 듣고 싶진 않습니다. 그 시간에 더 의미 있는 일을 할 수 있으니까요."라고 말이야.

이게 내 정직한 신념이란다. 열정과 흥미는 최고의 즐거움을 가 저다주지. 열정은 인생을 풍요롭게 만들어 줄 뿐만 아니라 주변 사람들에게도 영향을 미쳐 그들의 인생도 재미있게 바꾸어 놓거 든. 반대로, 격식이나 차리면서 해도 그만 안 해도 그만인 일들은 절대로 받아들일 수 없어.

우리는 열정을 불러일으키지 않는 일들에 대해서는 마땅히 온 힘을 다해 저항해야 한다. 열정 없이 억지로 적당히 하는 건 큰 낭 비야. 시간과 자원을 낭비할 뿐만 아니라 인생에서 다른 성과를 얻을 수 있는 소중한 기회마저 낭비해 버리게 되니까.

음악과 책 속의
'부드러운 마음'을 찾아서

중산베이 길을 걷던 그날이 기억나는구나. 아마도 그때가 가을이었을 거야. 바람은 불었지만 아직 추운 느낌은 없었어. 하지만 바닥에 쌓여 있던 낙엽들은 바람에 휙휙 날렸지. 그때 아빠의 바이올린 선생님이 이런 말씀을 하셨단다.

"저들은 지금 너에게 말하고 있는 거야. 알겠니? 하이든, 모차르트, 베토벤, 파가니니, 비에니아프스키, 이 사람들이 지금 네게 말하는 소리가 들리니? 그들이 하는 말을 이해하면 그들의 음악을 어떻게 연주해야 할지도 알 수 있을 거야."

그때 아빠는 하이든과 모차르트가 도대체 나한테 무슨 말을 한다는 건지 전혀 이해하지 못했어. 심지어 선생님이 도대체 나한테 무슨 말씀을 하시는 건지도 몰랐지. 아빠는 그저 선생님이,

"베토벤의 바이올린 소나타 제9번 1악장은 무슨 내용이니? 거기에서 피아노와 바이올린은 무슨 관계라고 생각하니?" 이런 질문을 하실까 봐 몹시 긴장하고 있었어. 아빠는 열심히 머릿속의 빈곤한 단어들을 찾아 헤매면서 선생님의 마음에 들 만한 대답을 찾길 바랐단다.

그런데 다행히도 선생님은 질문하지 않으셨어. 선생님은 혼자서 열정적으로 말씀하셨지.

"피아노는 깊은 사랑을 담아 바이올린에게 대답하고 있단다. 바이올린은 날개를 펼친 공작새처럼 피아노에게 자신의 가장 아름다운 모습을 뽐내고 있지. 피아노는 숭배하는 마음으로 고개를 끄덕이면서 말하지.

'아, 너는 정말 멋지구나!'

그러면 바이올린은 또 피아노에게 이렇게 선포한단다.

'내 모든 것은 다 너를 위해서야!'

이게 바로 베토벤이 음악 속에서 한 말이란다. 분명하고 또렷하지. 러시아 소설가 톨스토이도 이 말을 듣고 소설을 한 편 썼단다. 소설 속 아내는 피아노로 이 곡을 반주하다가 그만 바이올리니스트와 사랑에 빠져 비극적인 불륜으로 발전하게 되지. 이 소리를 들을 수 있어야만 네 음악이 살아 움직일 수 있단다."

그때 아빠는 선생님의 말씀을 이해하지 못했어. 그러다가 수년이 지나고 나서야 진정으로 선생님의 말씀을 이해할 수 있었단다. 다행히도 아빠는 기억력이 나쁘지 않아서 성숙한 후에도 그 당시에 이해하지 못했던 일들을 잊지 않고 모두 다 기억하고 있었어. 그리고 추억이 밀려오면 머릿속 한구석에 보관된 기억 속 선생님 목소리를 들으면서 끊임없이 고개를 끄덕이게 되는 거야.

아빠는 선생님의 목소리뿐만 아니라 시공간을 뛰어넘어 또 다른 지성들의 목소리를 듣는 법을 배웠단다. 아빠는 하이든과 모차르트의 목소리를 들으려고 노력했고, 또 공자와 맹자, 플라톤과 셰익스피어의 목소리를 들으려고 노력했어. 음악을 듣든 책을 읽든 나는 그 속에 들어 있는 '사람의 정보', 즉 음악이나 책을 하나의 인격으로 받아들이고 그 안에서 아빠가 특별히 이해하고 반응할 수 있는 내용을 찾는 법을 배웠단다. 아빠는 그들이 아빠에게 말하고 있다는 사실을 믿지. 그들은 추상적이고 차가운 지식이나 딱딱한 형식을 말하고 있는 게 아니야. 그 속에는 그들의 부드러운 마음이 있어서 내 마음속의 부드러운 마음을 자극한단다.

이렇게 음악과 책의 이야기를 들을 수 있는 '내면의 귀'를 갖게 된 건 내 평생 가장 큰 행운이야. 그리고 네게 가장 물려주고 싶은 재산이기도 하지. 아빠가 네게 줄 수 있는 다른 재산들은 모두 다 한계가 있단다. 하지만 오직 이 재산만큼은 네가 방법만 터득하면 옛날부터 지금까지 존재한 아빠보다 수백 수천 배는 더 똑똑하고 경험이 풍부한 사람들과 대화하고 배움을 얻을 수 있단다. 그야말로 무궁무진한 재산이지.

우리의 짧은 인생을 풍부하게 만드는 길은 바로 마음의 눈과 귀를 열고 다양한 이야기를 듣는 것이란다. 우리의 인생이 정말로 무한하지는 않지만 적어도 무한한 가능성을 상상하며 앞으로 나아갈 수는 있어. 그거야말로 가장 짜릿한 즐거움이지.

겨울 르웨이탄(日月潭) 한삐로우(涵碧楼)에서.
아빠는 아빠도 사진에 찍히고 있는지 전혀 몰랐어.

자랑하고 싶지 않아서

너는 사람들이 당연히 너를 '양'씨라고 생각하거나 미심쩍다는 듯이 "왜 성이 이씨예요?"라고 질문하는 걸 싫어하지. 아니, 아빠가 양자오인데 너는 이씨라고? 남들도 당혹스럽고 너도 당혹스럽겠지만 그건 어쩔 수가 없단다.

몇 년간 너는 여러 차례 내게 물었어.

"아빠는 왜 필명을 써요?"

"아빠는 왜 본명을 안 써요?"

아빠의 필명은 아주 오래 전 아빠가 청소년일 때부터 쓰던 거란다. '양자오'는 아빠가 사용했던 수많은 필명 중에서 마지막까지 인연이 닿아서 지금까지 이렇게 사용하는 필명이지. 그때는 필명으로 글을 쓰고 필명으로 작품을 발표하는 게 익숙해서 미안

하지만 길게 앞을 내다보지 못했어. 아빠의 필명이 이렇게 미래의 딸에게 불편함을 가져다줄 거란 생각은 미처 하지 못했거든.

그때는 필명을 쓰는 것이 편했단다. 필명 뒤에 숨는 것이 편했어. 시를 쓰고 소설을 쓰고, 특히 어른들이 만들고 어른들이 보는 잡지에 투고할 때는 필명을 쓰는 것이 편했단다. 물론 창피한 일은 아니었지만 그 시절의 아빠는 그 일로 인해 주변 사람들로부터 주목을 받는다는 생각만 해도 어색하고 쑥스러운 마음이 들었거든. 사람들로부터 비웃음이나 지적을 받는 것은 두렵지 않았지만 칭찬을 받을까 봐 두려웠단다.

"어머나, 알고 보니 너는 글을 참 잘 쓰는구나!"

"네가 바로 글을 아주 잘 쓴다는 그 리밍퀸이구나!"

이런 칭찬을 받을지도 모른다는 생각만 하면 청소년 시기의 나는 머리털이 쭈뼛 곤두서곤 했단다. 마치 아빠가 시를 쓰고 소설을 썼던 게 사람들에게 뽐내고 싶고 관심을 끌고 싶어 한 일 같아서 말이야.

아니야. 아무리 부족한 작품이라도 그 작품들은 그 자체로 존재하는 것이지 누군가로부터 칭찬을 받기 위해 쓴 것이 아니거든. 아빠는 글을 쓰고 싶었어. 아빠는 그 당시에 중요하다고 생각했던 글과 감정, 사상을 다른 사람에게 보여주고 싶다는 강한 열망이 있었기 때문에 글을 쓴 거야. 문학도 마찬가지란다. 아빠는 처음부터 이런 고집과 신념이 있었기 때문에 문학상에 기대서 칭찬과 주목을 받는 일을 견디기가 힘들었어. 그게 마치 나와 문학 사이의 관계를 왜곡하고 더럽히는 느낌이었거든.

또 다른 이유로, 그 시절의 우리는 과시하는 행위에 대해 강한 거부감이 있었단다. 우리는 진짜로 능력이 있는 사람은 내면에 밝은 빛이 있어서 언젠가는 사람들이 발견한다고 배웠고 또 그렇게 믿었어. 스스로 뽐내고 자랑하면 한때의 얄팍한 인정은 받을 수 있겠지만 결국에는 꾸준히 진짜 실력을 키워나갈 의지를 잃게 된다고 말이야.

필명 뒤에 숨어서, 그리고 여러 가지 다양한 필명을 사용하면서, 아빠는 내가 지금 과시하고 있는지, 분수에 맞지 않는 칭찬을 좇는 건지 걱정할 필요가 없게 되었어.

너는 이해하기 어려울지도 모르지만, 이게 바로 아빠가 필명을 사용하는 가장 큰 이유란다.

하지만 너도 차츰 이해하게 될 거야. 저번에 선생님과 같이 식사할 때, 선생님은 개인레슨 하는 어떤 학생 얘기를 해주셨어. 선생님이 인내심을 갖고 착실하게 차분하게 연습하라고 일러주는데도 그 학생은 수업만 끝나면 빠른 속도로 피아노를 친다고 말이야. 다른 아이들의 부러움 가득한 시선에 둘러싸여서 말이지. 아빠는 그때 네가 우리와 함께 웃는 것을 보았단다. 너는 그 위험을 이해했겠지. 그 학생에게는 음악 그 자체나 선생님의 지도가 아닌 친구들의 시선이 가장 큰 목표가 된 거야.

어쩌면 너도 아빠가 그 당시 필명 뒤에 숨어 칭찬을 피했던 그 유치하지만 진실했던 신념을 조금씩 이해하게 될지도 모르겠구나.

다섯 살 때 서툰 손과 민첩한 눈이
이런 미술작품을 만들어냈단다.

자아를 표현하고
전달하는 새로운 단계

초등학교 시절에 아빠와 가장 친했던 친구의 이름은 왕샤오우란다. 그 친구도 아빠처럼 성적은 꽤 괜찮았는데 웬일인지 선생님께 미운털이 박히는 바람에 잘못도 없이 괜히 한 차례씩 혼나곤 했어. 그래서 되도록 선생님의 눈에 띄지 않도록 노력했지.

쉬는 시간이 되면 우리 두 사람은 함께 운동장을 가로질러 부겐빌리아가 가득 피어 있는 화단으로 달려갔어. 특별히 뭔가를 하기 위해서 그랬던 건 아니고 그저 교실에서 멀리 떨어져 있고 싶었던 거야. 둘이서 그곳에 쪼그려 앉아 땅에 떨어져 있는 꽃을 줍다 보면 또다시 교실로 돌아가야 할 시간이 되었지. 수업시간에 지각하면 큰일이 날 테니까 우리는 수업시간에 늦지 않기 위해 각별히 신경을 썼어. 그리고 수업이 끝나면 또 그 화단으로 달려갔지. 우리는 이렇게 왔다 갔다 하면서 이런저런 이야기를 나누었단다.

그 친구와 아빠는 서로 옆자리에 앉았는데 함께 당번을 설 때가 가장 좋았어. 당번은 조회시간에 참석할 필요가 없었거든. 다른 애들이 운동장 땡볕에 서서 교장선생님의 지루한 연설을 듣고 있을 때 우리는 커다란 물통을 들고 주방에 가서 물을 채운 다음 슬렁슬렁 식물들이 잔뜩 심어져 있는 길을 따라 교실로 돌아왔지.

그날도 우리는 함께 물통을 나르면서 머리 깎는 이야기를 했어. 그러다 친구가 갑자기 아빠한테 말했지. 온 식구가 모두 독일로 이민을 가게 됐다고 말이야. 아빠는 깜짝 놀라 한참을 멍하니 있다가 가까스로 아주 멍청한 질문을 했어.

"그럼 너도 전학가야 돼?"

"당연하지."

다음 당번일이 돌아오기도 전에 왕샤오우는 독일로 사라졌단다. 나중에 그 친구는 아빠에게 연달아 두세 장의 엽서를 보내왔어. 엽서에는 친구가 볼펜으로 꾹꾹 눌러 쓴 글씨가 있었는데, 독일어로 된 주소를 어찌나 크게 썼던지 뒷면의 내용보다도 더 큰 공간을 차지했었지.

아빠는 자주 그 친구에 대해 생각했어. 한동안, 특히 쉬는 시간이 되면 더욱 더 그 친구 생각이 났단다. 아빠는 독일이 도대체 어떤 곳인지, 친구가 그곳에서 어떤 생활을 하는지 알고 싶었어.

심지어는 독일에 친구를 찾으러 가면 어떤 기분일까 하는 상상도 해봤지. 하지만 단지 생각만 할 뿐 초등학교 3학년이었던 아빠는 편지조차 보내지 못했단다.

그때 아빠는 처음으로 글이 얼마나 중요한지 분명히 깨닫게 되었어. 만약 아빠가 편지를 쓸 수 있다면 왕샤오우와 연락을 주고받으면서 계속 친구로 지낼 수 있을 테니까 말이야. 아빠도 그 친구가 어떻게 사는지 알 수 있고, 그 친구도 아빠가 어떻게 사는지 알 수 있고 말이지. 비록 더 이상 함께 물통을 나를 수는 없어도 우리 둘 사이는 어색해지지 않을 거야. 그래서 아빠는 더욱 열심히 글자를 공부했어. 그리고 속으로 왕샤오우도 나와 같은 마음으로 열심히 글자 공부를 하길 바랐지.

그러나 이제야 내가 하고 싶은 말을 편지에 담을 수 있겠다고 생각했을 때 왕샤오우에 대한 아빠의 기억은 이미 희미해져 있었단다. 그 친구에게 무슨 말을 어떻게 해야 할지 모를 정도로 말이야. 그리고 아빠는 독일에 가서 독일어로 생활하는 왕샤오우가 어쩌면 이미 중국어를 다 까먹었을지도 모른다는 생각을 할 정도로 자라 있었어.

너의 가장 친한 친구가 미국으로 이사를 가게 되었어. 요 며칠간 너희는 거의 매일 함께 붙어 있었지. 네 친구는 비행기에 타기 전에 전화로 네게 작별인사까지 했어. 너희는 예전의 아빠보다 운이 좋단다. 인터넷이나 국제전화로 계속해서 연락을 주고받을 수 있으니 말이야. 하지만 이 소중한 우정을 지켜나가려면 너는 반드시 언어와 문자로 네 경험과 생각을 표현하는 법을 배워야 한다. 그리고 네 친구도 자기의 일을 말하고 쓰도록 이끌어야 해. 이 점은 예나 지금이나 변하지 않았어.

이별을 계기로 너희는 인생의 새로운 단계에 접어들었단다. 언어와 문자로 자아를 표현하고 자아를 전달하는 새로운 단계 말이야!

홀로 쿠알라룸푸르 공항에서 산 손목시계.
물론 내가 차려고 산 건 아니야.

다른 사람이 만든 틀 안에서
자유를 만들다

여름방학이 거의 끝나 가는데 너의 방학숙제는…… 당연히 아직 다 못했지. 무슨 숙제가 있는지 살펴보니 '학교에서 내가 가장 좋아하는 시간'과 '우상'이라는 제목으로 작문하는 숙제가 있더구나. 그래서 아빠는 너에게 자연스럽게 물어봤지.

"그럼 이 작문은 어떻게 쓸 거니?"

너는 잠시 제목을 바라보더니 이렇게 대답하더구나.

"'저는 우상이 없습니다.'라고 쓰면 되지!"

네 대답을 들으면서 아빠는 문득 어렸을 때의 일이 생각났단다. 아빠는 작문수업을 가장 싫어했는데, 그 이유는 아빠가 글을 잘 못 썼기 때문이 아니라 선생님이 내주시는 제목이 마음에 들지 않았기 때문이야. 선생님이 내주시는 제목들은 한결같이 아빠의 생각과 너무 다르거나, 아빠가 관심이 없거나 어떤 때는 심지어 반감을 갖고 있는 것들이었지. 게다가 아빠는 선생님의 생각에 맞춰 작문하는 일이 귀찮게 여겨졌단다.

고등학교 시절, 한번은 국어선생님이 『매대사친(梅台思亲)』을 읽고 독후감을 쓰는 과제를 내주셨어. 『매대사친』은 당시 '총통'이었던 장징궈(蒋经国)선생이 쓴 소책자였는데, 아버지를 향한 그리움에 대한 내용이었지. 대만의 모든 중고등학생들은 이 책을 읽고 독후감을 써내야 했단다. 솔직히 말해서 한창 반항기에 접어들어 부모님께 반항하면서 자아를 찾던 우리가 어떻게 『매대사친』 같은 글에 공감할 수 있었겠니? 꼭 써야 한다면 어쩔 수 없이 틀에 박힌 뻔한 말들을 베껴 쓰는 수밖에 없었지.

반에서 가장 배짱이 있는 친구가 맨 먼저 작문을 완성했어. 우리는 그 친구 옆으로 몰려들어 그 친구가 쓴 글을 읽었지. "『매대사친』은 위대한 책입니다. 너무 위대해서 이 책을 읽자마자 손에서 내려놓을 수가 없었습니다. 밥 먹을 때도 보느라 밥이 콧구멍으로 들어갔습니다. 화장실에서도 보느라 똥을 한 시간이나 쌌는데도 다 못 쌌습니다. 원래는 씻을 때도 보고 싶었는데 책이 젖으면 글씨가 번져서 안 보일까 봐 보지 않았습니다. 『매대사친』은 이렇게 위대한 책입니다!"

첫 번째 문단까지 읽고서 우리는 배꼽을 잡으며 웃었어. 그 친구의 반어법도 물론 재밌었지만, 선생님이 그 작문을 채점할 때 어떤 반응을 보이실지 상상하는 게 더 재밌었단다.

'설마 선생님이 낮은 점수를 주실까? 그렇다고 잘했다고 높은 점수를 주실 리도 없잖아.'

상상만 해도 너무 재밌었어. 갑자기 작문이 재미있는 일로 변했단다. 선생님이 원하는 대로 쓰는 게 아니라 어떻게든 기를 쓰고 선생님이 원하지 않는 글을 쓰면서도 선생님이 우리에게 벌을 주거나 낙제점수를 주실 수 없도록 만드는 거야.

몇 주 동안 작문시간만 되면 교실 안은 우리가 몰래 일을 꾸미며 키득키득 숨죽여 웃는 소리로 가득했단다. 그 글은 겉으로 보기에는 선생님이 규정한 대로 쓴 것이었지만 사실은 우리 자신의 생각과 창의력이 넘치는 글이었지. 이 과정에서 아빠는 다른 사람이 그려놓은 틀 안에서 나만의 자유를 만들어내는 새로운 표현방식을 배웠단다.

아빠가 보기에 너는 아빠보다 훨씬 먼저 이런 즐거움을 깨달은 것 같구나. 너는 저번에 학교에서 '즐거움과 괴로움'이라는 제목으로 글을 쓴 적이 있지. 너는 '괴로움'은 '지금 작문하는 일'이라고 했고, '즐거움'은 '빨리 작문 숙제를 끝내는 것'이라고 썼어. 그래. 그건 아마 선생님이 원했던 내용은 아닐 거야. 하지만 아빠는 그것이 네 솔직한 생각이라고 믿는다.

음악은 자신의 것이다

　아빠의 선생님, 그러니까 네가 가장 궁금해 하는 아빠의 바이올린 선생님이 하셨던 말씀 중에 그 당시에는 이해하지 못했지만 나중에 생각해 보니 정말로 고개가 끄덕여지는 말씀이 있단다.

　"네 스스로 할 수 있는지 없는지 판단하는 법을 알려주는 것이 그저 할 수 있도록 가르치기만 하는 것보다 백배는 더 중요하단다."

　처음 이 말씀을 들었을 때 아빠는 선생님이 무슨 잰말놀이라도 하시는 줄 알았어.

　'간장 공장 공장장은 강 공장장이고, 된장 공장 공장장은 장 공장장이다.'

　이런 식으로 말이야. 그때의 분위기와 선생님의 말투가 그렇게 엄숙하고 진지하지 않았더라면 아마 웃음이 터졌을지도 모르지. 아빠는 그때의 상황을 또렷이 기억한단다. 선생님 댁에서, 햇빛은 커튼을 뚫고 들어와 방안을 비추고 있었지. 아빠는 녹색이 섞인 흐릿한 황금색 바닥을 바라보며 바흐의 E장조 협주곡을 켜다가 잠시 한눈을 팔았어. 선생님은 아빠를 멈추게 하신 다음 갑자기 물어보셨지.

"이번 연주는 아까랑 다른데?"

아빠는 깜짝 놀랐어. 그래서 얼른 머리를 굴리며 더듬더듬 대답했지.

"크레셴도를 하지 않았어요."

아빠는 선생님이 크레셴도를 확실하게 해서 다시 한 번 연주해 보라고 하실 줄 알았어. 그런데 뜻밖에도 선생님은 이렇게 물어보셨단다.

"왜?"

'왜냐고요? 왜냐하면 내가 한눈을 팔았으니까요.'

선생님께 이렇게 대답할 수는 없었어. 그래서 또 더듬거리며 할 말을 찾았지.

"크레셴도가 좀 이상한 것 같아서요."

선생님은 또 물으셨어.

"그래서 크레셴도가 없는 게 더 낫니?"

아빠는 잠시 망설이다가 살짝 고개를 가로저었어.

선생님은 아빠를 놓아주지 않고 또 물으셨어.

"그래서 크레셴도가 있는 게 더 낫다고?"

아빠는 더 망설여졌어. 왜냐하면 어떻게 연주하는 게 더 나은 건지 정말 몰랐거든. 아빠는 힐끔힐끔 선생님의 눈치를 보면서 선생님의 표정에서 정답을 찾으려고 했어.

선생님은 아무 표정 없이 그저 기다리셨어. 아빠가 대답할 때까지 계속 기다리셨지. 아빠는 또 고개를 가로저으며 시간을 벌 수밖에 없었어. 그리고 계속 이렇게 시간을 끌다 보면 선생님이 정답을 알려주실 거란 생각도 했지. 그런데 선생님은 여전히 기다리셨어.

등하교 하는 차 안에서 우린 이 CD를
아마 50번도 넘게 들었을 거야!

"도대체 어떤 게 더 낫니?"

아빠는 또 다시 고개를 가로저으며 모르겠다는 표정을 지었지. 바로 그때 선생님은 한숨을 쉬시면서 아까 하셨던 그 이상한 말씀을 반복하셨단다.

선생님은 끝까지 답을 알려주지 않으셨어.

"크레셴도를 하는 것과 안 하는 것, 도대체 어떤 게 맞는 거지?" 선생님은 악보를 가리키며 설명하셨어.

"그 부분은 순환하며 상행하여 자연스럽게 크레셴도를 유도하고 있다. 하지만 동시에 원래의 장조에서 단조 음가를 사용했기 때문에 크레셴도를 하지 않으면 데크레셴도로 느껴지면서 단조의 특색을 더욱 강조할 수 있다."

설명이 끝났지만 아빠는 여전히 크레셴도를 하라는 건지 말라는 건지 알 수가 없었어. 선생님은 단지 이렇게 말씀하셨지.

"음악은 네 자신의 것이란다."

음악은 자신의 것이다. 생명도 자신의 것이다. 결국엔 자기가 선택하고 자기가 결정해야 한다.

나중에서야 아빠는 선생님의 말뜻을 이해하게 되었단다. 수많은 사람이 옆에서 각종 평가를 내리면서 이렇게 해라 저렇게 해라 훈수를 둔단다. 만약 우리에게 내적인 힘과 자신감이 없다면, 스스로에게 어떤 장점이 있고 어떤 단점이 있는지를 모른다면, 습관적으로 다른 사람의 생각대로 다른 사람의 기준에 맞추려고 노력하게 될 거야.

　심사위원 선생님이 평가한 점수에 신경 쓰지 말라는 얘기가 아니야. 그저 이 사실을 알려주고 싶었어. 심사위원이 주는 높은 점수에 기대서 음악을 하지는 말라는 거야. 시합에서 1등을 한 연주가 반드시 네 자신의 음악은 아니란다. 그건 어쩌면 심사위원이 생각할 때 네 또래의 아이가 마땅히 보여 줘야 할 연주, 단지 그뿐일 수도 있어. 가장 중요한 점수는 심사위원이 주는 게 아니야. 네가 속으로 그 연주를 얼마나 좋아하고 싫어하는지 네 자신을 속일 수는 없지. 따라서 자기 자신의 기준을 세우고 다른 사람의 칭찬에서 벗어나 정직하게 스스로에게 점수를 매기는 것, 이것이 가장 중요하단다.

선생님의 판단을
꼭 따를 필요는 없다

하이페츠(Jascha Heifetz)가 연주한 바흐의 무반주 바이올린 조곡 녹음을 들으면서 나도 모르게 감탄이 튀어나왔어.

"우와! 어떻게 이중 음을 이렇게 완벽하게 연주할 수 있지? 마치 두 개의 바이올린이 자유롭게 노래를 주고받는 것 같아!"

그러자 네 엄마가 물었어.

"이런 연주를 하려면 연습을 얼마나 해야 하는 거예요?"

아빠가 대답했지.

"99퍼센트의 사람들은 아무리 오래 연습해도 이런 소리를 낼 수 없을걸!"

그때 갑자기 네가 아빠에게 묻더구나.

"그럼 아빠는 하이페츠가 좋아요? 난 아빠가 하이페츠를 싫어하는 줄 알았는데!"

아빠는 당연히 하이페츠를 좋아한단다. 그런데 참으로 이상하다. 너는 왜 아빠가 하이페츠를 싫어할 거라고 생각했을까? 아빠는 열심히 기억을 떠올려 봤어.

'내가 언제 우리 아이한테 하이페츠의 음악에 대해 얘기했던 적이 있었던가? 맞아!'

아빠는 생각이 났지. 아빠는 네게 아빠의 바이올린 선생님과 선생님의 음악 스타일에 대해 얘기한 적이 있었지. 초등학교 6학년 때, 그러니까 지금의 네 나이에 아빠는 매일 비발디를 연습했어.

협주곡 하나를 다 연습하고 나면 또 다른 곡이 주어져서 영원히 계속될 것만 같았지. 아빠는 다른 곡들은 거의 연습하지 않았단다. 낭만주의 곡은 전혀 연습하지 않았어. 멘델스존도, 브루흐도 연습하지 않았고, 사라사테(Sarasate, 에스파냐의 바이올린 연주자·작곡가)는 더군다나 연습하지 않았지. 심지어 베토벤도 선생님이 마지못해 제 2번 교향곡을 골라서 연습시킨 게 다였어. 선생님은 내가 중학교에 들어가서야 『봄 소나타』를 연주하게 해주셨단다.

선생님의 태도는 확고했어. 선생님은 비발디를 제대로 연주하게 되면 깨끗하고 맑은 바이올린 소리를 낼 수 있다고 여기셨지. "소리가 깨끗하지 않으면 다 소용없어!"

선생님 댁에서 들었던 음반들은 거의 예외 없이 밀스타인(Nathan, Milstein)이 연주한 녹음이었단다. 아빠는 항상 선생님이 또 다른 선

반에서 아빠가 감히 만질 수조차 없는 새로운 음반을 꺼내시기를 바랐지만 아빠의 바람이 현실이 된 적은 한 번도 없었어.

아빠의 눈빛을 느끼셨는지 선생님은 고개 저으며 말씀하셨어. "지금 네가 듣기엔 적합하지 않아."

밀스타인의 연주는 정말로 깨끗하고 맑은 소리를 내지. 게다가 밀스타인은 비발디의 곡을 많이 녹음했어. 그래서 아주 오랫동안 아빠는 바이올린은 마땅히 그런 소리를 내야 한다고 믿었단다.

나중에 선생님이 타이완을 떠나시면서 아빠도 바이올린 연습을 그만두게 되었지. 아빠는 홀로 중화루 음반 골목을 돌아다니다가 호기심에 사장님이 '대가의 명음반'이라고 소개한 하이페츠의 차이코프스키와 글라주노프(Alexander Glazunov) 협주곡 녹음을 샀단다. 집에 와서 녹음을 듣는데 바이올린 소리가 나오자마자 아빠는 온 몸에 소름이 돋았어. 게다가 그 여운은 음악이 끝나고 나서도 한참 동안이나 남아 있었지.

어떻게 이런 소리가 있을 수 있지? 거칠고 광적이고 웅장한 소리. 중간에는 수많은 잡음이 섞여서 깨끗하지도 맑지도 않았지만 음악 그 자체는 소리가 맑은지 어떤지를 따질 수조차 없게 만드는 힘이 있었어. 원래 바이올린에는 이런 소리도 있구나. 이런 소리가 있어도 되는 거구나.

아빠는 당연히 하이페츠를 좋아한단다. 그는 바이올린 음악에 대한 아빠의 이해를 넓혀 주었어. 그래 맞아. 그의 연주방식과 밀스타인의 연주방식은 완전히 다르지. 그래, 맞아. 하이페츠의 바이올린 소리는 선생님이 내게 가르쳐주신 규범과도 분명히 달라. 하지만 바로 그 부분이 내가 하이페츠에게 매력을 느끼는 가장 큰 이유란다.

"아빠의 선생님은 하이페츠를 싫어했지만 아빤 좋아한단다."

아빠는 네게 이렇게 강조했었지. 너는 분명히 아빠의 선생님이 하이페츠를 싫어했다는 사실을 기억해 내고 아빠도 당연히 하이페츠를 좋아하지 않을 거라고 생각했던 거겠지.

그런데 아니란다. 아빠는 선생님을 너무나 존경하고 선생님이 아빠에게 가르쳐주셨던 모든 것을 그리워하지만 하이페츠의 음악에 대한 느낌과 판단은 나 자신의 몫이란다. 이건 어른으로서 갖게 되는 영역인 동시에 어른으로서 마땅히 짊어져야 할 책임이기도 하지. 자신의 느낌을 찾아 스스로 판단하고 더 이상 선생님께 의지하지 않는 자세 말이야.

■ 세 번째 편지 ■

네가 있기에
나는 늙는 게
두렵지 않다

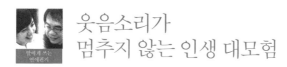

웃음소리가
멈추지 않는 인생 대모험

아빠가 어린 시절에 읽었던 『땡땡의 모험』과 지금 네가 집중해서 읽고 있는 책 사이에는 큰 차이점이 있단다. 아빠가 봤던 판본은 어느 인쇄소에서 불법으로 인쇄한 건지 색깔도 없었고 선이 희미해진 부분도 여러 군데 있었어. 그리고 십중팔구 대충 아무한테나 번역을 맡겼을 테니 얼마나 제대로 번역했을지도 믿을수가 없었지.

너는 『땡땡의 모험』을 읽으며 계속해서 웃고 있더구나. 그 모습이 아빠는 솔직히 좀 이해가 안 된단다. 왜 아빠는 땡땡이 그렇게 웃겼던 기억이 없는 걸까? 아빠의 기억에 땡땡은 확실히 항상 끊임없이 모험을 해 나갔어. 땡땡이 계속해서 이상하고 긴장되는 상황을 만날 때마다 아빠도 덩달아 함께 긴장하곤 했었지. 책 속에는 우스꽝스러운 부분도 있었지만 아빠는 항상 빨리빨리 책장을 넘겼어. 어서 그 뒤에 이어지는 내용을 보고 싶었거든.

한편, 30년이 넘는 세월을 사이에 두고도 우리 두 부녀 사이에는 변하지 않는 공통점이 하나 있구나. 그 당시 아빠는 네 할머니의 반대를 무릅쓰고 몰래 『땡땡의 모험』을 읽었어. 너도 지금 네 엄마의 반대를 무릅쓰고 몰래 『땡땡의 모험』을 읽고 있잖니. 네 할머니께서는 '책의 글자가 너무 작아서 자꾸 보다간 근시가 될 것이고, 만화에 빠지면 학교공부나 다른 중요한 일에 소홀해질 것'이라는 이유로 『땡땡의 모험』을 읽는 걸 반대하셨어. 그리고 삼십 몇 년 후의 지금, 네 엄마도 '책의 글자가 너무 작아서 자꾸 보다간 근시가 될 것이고, 만화에 빠지면 학교공부나 다른 중요한 일에 소홀해질 것'이라는 이유로 『땡땡의 모험』을 읽는 걸 반대하고 있지.

삼십 몇 년 전, 네 할머니께서는 옷가게를 운영하시느라 바쁘셨단다. 그래서 할머니가 그렇게 반대하셨어도 아빠는 할머니가 바쁜 틈을 타서 몰래 읽을 수 있었지. 그리고 삼십 몇 년이 지난 지금, 아빠는 네가 엄마 몰래 읽을 수 있도록 일부러 너를 보호해주고 있지. 왜냐하면 아빠는 아빠가 어렸을 때 『땡땡의 모험』과 또 다른 책들을 읽으면서 큰 기쁨을 얻었던 일들을 기억하고 있거든. 그리고 아빠는 『땡땡의 모험』이 정말로 너를 즐겁게 해준다는 사실을 알고 있어. 게다가 아무리 생각해 봐도 네가 『땡땡의 모험』때문에 소홀히 할 만한 대단한 일은 떠오르지 않거든.

요 며칠 『땡땡의 모험』은 너와 나의 비밀이 되었어. 우리 부녀만의 비밀이 또 하나 늘어난 거야. 네 엄마와 선생님은 쇼팽의 피아노 협주곡이 네게 너무 어렵다고 생각하지만, 너는 그 곡을 너무 좋아해서 엄마 몰래 연습하고 있지. 그리고 아빠는 엄마 몰래 방과 후 너를 아이스크림 가게에 데려가서 네가 파인애플 셔벗을 먹으면서 숙제를 할 수 있도록 해 주지. 아빠는 엄마 몰래 매일 아침 네가 먹다 남긴 우유를 버려 주고, 매일 밤 네가 침대에 누운 뒤에도 소곤소곤 10분 정도 이야기를 나누지.

아빠는 이런 일들에 대해서 네 엄마와 논쟁을 벌이지 않고 그저 우리만의 비밀로 만들었단다. 왜인 줄 아니? 엄마는 엄마 나름의 이유가 있거든. 엄마는 네가 찬 걸 먹으면 코 알레르기가 심해질까 봐 걱정하셔. 엄마는 적절한 시기에 우유를 많이 마셔야 키가 자란다고 믿고 있지. 안 그러면 성장기를 놓칠 테니까 말이야. 엄마는 네가 밤늦게 잠자리에 들면 다음날 정신을 못 차릴까봐 걱정하고 있지.

그런데 이 아빠에게도 아빠 나름의 이유가 있단다. 아빠는 인생에서 그렇게 순수한 기쁨을 느낄 수 있는 어린 시절은 딱 한 번뿐이라고 생각해. 그래서 모험을 좀 하고 대가를 좀 치르더라도 네게서 기쁨을 누릴 기회를 빼앗고 싶지 않아.

엄마 아빠 모두 다 너를 위하지만 선택한 방법은 서로 달라. 이게 바로 인생이란다. 너무 많은 선택과 너무 많은 생각이 우리 앞에 놓여 있어. 유일한 모범답안은 없단다. 우리는 그저 자신의 선택에 따라 이쪽으로도 가보고 저쪽으로도 가보는 수밖에 없지. 모든 부모는 자녀를 위한 길을 준비해 놓지만 그 누구도 자기가 준비한 그 길이 옳다고, 그 길만이 유일한 최선의 길이라고 확신할 수는 없단다. 결국 인생의 모험은 각자 스스로 헤쳐 나가는 것이지 부모가 대신해 줄 수는 없으니까.

네 인생 모험에 언제나 기쁨과 순수함, 그리고 멈추지 않는 웃음소리가 함께 하기를 진심으로 바란다!

아빠는 네가 어떤 풍경을 좋아하고 어떤 일에 흥미를 느껴야 하는지 이끌어 주고 싶지도 않고 그럴 능력도 없단다. 하지만 아빠는 네가 최대한 많은 선택권을 갖도록 도와줄 수는 있지. 성급하게 자기 인생을 결정짓고 인생의 가능성을 닫아버리면 안 돼.

어떤 사람이 되어야 할까?

아빠는 어렸을 때 『땡땡의 모험』을 읽으면서 특히 땡땡이 티베트에 갔던 이야기에 푹 빠졌단다. 아빠 그때 티베트에 대해서 아무것도 몰랐고, 프랑스 사람이 그린 만화에 왜 중국 소년이 주인공으로 나오는지, 왜 산 넘고 고개 넘어 티베트까지 가게 됐는지 이상하게 생각했어. 그런데 티베트 이야기를 반복해서 읽다 보니 그 이유는 아주 간단하더구나. 왜냐하면 땡땡은 줄곧 그의 친구 '창(張)'을 찾고 있었거든.

'창'은 흔한 성이지. '창'을 찾는 땡땡은 누가 '창'이라고 부르는 소리만 들리면 얼른 돌아봤어. '창'이라는 이름의 개도 있었고 '창'이라는 이름의 술도 있었지만 모두 땡땡 찾고 있는 그 '창'은 아니었지. 땡땡이 찾고 있는 '창'은 비행기 추락사고로 실종

됐어. 다른 사람은 모두 '창'이 죽었다고 믿었지만 땡땡은 포기를 하지 않았어. 그래서 천신만고 끝에 티베트까지 친구를 찾으러 갔단다.

마침 그 시기에 학교 선생님이 '나의 장래희망'이라는 가장 흔하고 평범한 주제로 작문하는 과제를 내주셨어. 선생님은 어른이 되면 무슨 일을 하고 싶은지 또는 누구처럼 되고 싶은지에 대해 먼저 생각해 보라고 하셨지. 그때 아빠는 당연히 이렇게 생각했었지.

'나는 땡땡이 되고 싶어! 나도 땡땡처럼 친구를 위해서라면 공기가 없는 티베트의 산꼭대기까지 갈 수 있어!'

그래서 아빠는 이제 막 배운 몇 안 되는 단어들로 땡땡의 이야기와 아빠의 감상을 작문에 녹여내려고 노력했지.

제출한 작문은 선생님이 채점하신 뒤에 돌려주셨어. 점수는 완전히 엉망이었고, 또 '조리가 없다'는 식의 평가도 쓰여 있었지. 그때 아빠는 선생님을 탓하지 않았어. 선생님은 분명 아빠가 무슨 얘기를 쓴 건지 이해하지 못하셨을 테니까.

그 무렵 아빠는 미술시합 대표로 뽑혀서 선생님 댁에 가서 시합에 제출할 작품을 준비하고 있었단다. 아빠는 종이상자로 학교와 주변 거리의 모형을 만들었지. 하루는 아빠가 선생님 댁에 일찍 가서 다른 친구들은 아직 도착하지 않은 상태였어. 그때 선생님이 그 작문을 왜 그렇게 엉망으로 썼냐고 물어보셨어. 아빠는 땡땡과 '창'의 이야기를 말로 바꿔서 열심히 설명했어. 아빠는 흥분하면서 말했지만 선생님은 뜻밖에도 내 말을 끊고 이렇게 말씀하셨어.

"말도 안 돼! 어떻게 만화 내용을 작문에 쓸 수가 있니? 과학자가 되겠다고 쓰거나 의사가 되겠다고 쓰거나, 아니면 선생님이 되겠다고 해도 되잖아!"

대화는 금방 끝났지만 아빠는 한참 동안 풀이 죽었단다. 하지만 아빠는 여전히 땡땡이 되고 싶었어. 아빠에게 있어서 땡땡이 친구를 구하러 갔던 일은 무엇보다 진실하고 생생한 일이었거든. 비록 땡땡이 만화 속의 인물이긴 하지만 땡땡은 과학자나 의사, 심지어 선생님보다도 백배는 더 진실하고 생생하게 느껴졌어. 바꿔 말하면, 땡땡이 친구를 구한 일이나 친구를 생각하는 마음이 과학자나 의사, 선생님보다 백배는 더 진실하고 생생했다고 할 수 있지. 내 장래 희망은 바로 친구를 그렇게 소중히 여기고, 친구를 위해 희생하고, 온갖 고생 끝에 친구를 찾은 그 순간의 기쁨을 느끼는 것이었어.

아빠는 『땡땡의 모험』을 읽으면서 '의리'를 배웠단다. 그리고 아빠가 가장 되고 싶은 건 바로 의리 있는 사람이라는 사실을 깨달았지.

하지만 선생님은 우리에게 '어떤 사람이 되고 싶은지'를 생각해 보라고 하신 게 아니었어. 그저 '어떤 신분을 갖고 싶은지'를 생각해 보라고 하셨지. 과학자, 의사, 선생님이란 신분과 직업을 말이야. 선생님은 우리에게 직업을 선택하라고 격려하셨지만 우리가 진지하게 인격과 행위에 대해 생각하는 건 격려하지 않으셨어.

아빠는 지금까지도 의리 있는 사람이 되기로 선택하고, 열심히 이 선택을 실천하는 일이 어떤 일에 종사하고 어떤 직함을 갖는다는 것보다 백배 천배는 더 중요하다고 믿는단다.

너도 어렸을 적의 아빠처럼 땡땡이 티베트에 간 이야기에 푹 빠져 있구나. 아빠는 너도 그 이야기를 통해 인격적인 포부와 장래 희망을 가질 수 있기를 바란다. 그리고 자기만 아는 사람이 아니라 친구를 소중히 하고 의리를 지키는 사람이 될 수 있기를 기도한다.

사랑과 자기수양

　요즘 너는 별자리에 관심이 생겨서 어떤 별자리의 사람은 성격이 어떻고, 어떤 별자리의 사람이 성격이 괜찮은지 자주 물어보고 다니더구나. 사람마다 대답하는 게 많이 달랐던지 너는 문득 아빠에게 이렇게 물었어.

　"별자리 얘기가 진짜예요? 아니면 그냥 누가 만든 거예요?"

　이런, 정말 어려운 문제로구나. 아빠는 조심스럽게 대답할 수밖에 없었지.

　"아마 진짜인 부분도 있겠지만 단정 지을 수는 없어. 특정 별자리의 사람이 반드시 어떨 거라고 생각하면 안 돼. 같은 별자리라도 사람마다 많이 다르니까."

　너는 잠시 생각해 보더니 아예 이렇게 물었어.

"그럼 아빠는 별자리 얘기를 믿어요?"

아빠는 쓴웃음을 지었지. 이 질문에 대한 괜찮은 대답을 찾을 수 없었거든.

아빠의 관찰에 따르면 별자리는 다른 사람의 성격을 판단하는 데 어느 정도는 도움이 된단다. 예를 들면, 예전에 아빠는 여러 차례 처녀자리 사람들과 같이 일을 한 적이 있는데, 그 사람들은 정말 다른 사람들에 비해서 사소한 부분을 중요하게 여기고 특정 원칙에 대한 고집이 강해서 쉽게 타협하지 않았단다. 또 다른 예로, 물고기자리 사람은 확실히 모순되고 충동적인 생각과 행동을 하는 데다 자기의 주장을 자주 바꾸는 바람에 종잡을 수가 없지.

그런데 아빠의 생각에 별자리는 다른 사람을 관찰하고 이해하는 데보다 자기 자신을 돌아보고 경계하는 데 더 큰 의미가 있는 것 같아.

아빠 세대는 별자리를 비교적 늦게 접했어. 아빠의 기억에 고등학교에 들어가서야 아빠가 양자리라는 걸 알게 되었으니 말이야. 아빠는 그때 책에서 양자리의 성격에 대한 묘사를 읽고 깜짝 놀랐어. 양자리의 가장 큰 특징은 인내심이 없고 끈기가 부족해서 꾸준히 장기적인 일을 하지 못하는 데다 성격도 급해서 걸핏하면 화를 낸다고 쓰여 있었거든.

아빠는 아빠가 이 특징들을 전부 다 가지고 있다는 사실을 인정할 수밖에 없었어. 이 특징들은 아빠가 제일 싫어해서 어떻게든 없애고 싶었던 아빠의 단점이었거든. 알고 보니까 이 특징들은 아빠가 수양이 부족해서라 아니라 어떤 신비로운 하늘의 뜻에 따라 아빠의 본성 속에 심어진 거였어.

'그렇다면 나는 별자리가 내게 준 선천적인 조건을 받아들여야만 하는 걸까?'

아빠는 며칠을 고민하다가 결국 아빠 자신의 답을 찾았단다. 아빠는 계속 믿기로 했어. 사람은 스스로 노력해서 더 나은 사람이 될 수 있고, 자신을 마음속 이상에 가까운 사람이 될 수 있다고 말이야. 설령 양자리인 내 몸속에 성격이 급하고 인내력이 부족한 특징이 있다고 해도 나는, "성격 급하고 인내심 없는 사람으로 살래?"라는 질문에 대해서 "아니! 나는 성격 급하고 인내심 없는 사람이 제일 싫어!"라고 대답하겠다고 말이지.

그래서 아빠는 지금까지보다 몇 배 더 조심하고 자제하면서 내 안의 양자리 성격에 저항하고 내가 싫어하는 급하고 인내심 없는 성격을 드러내지 않는 법을 배울 수 있었단다.

별자리는 아빠가 어떤 사람인지를 일깨워준 동시에 아빠가 의식적으로 단점을 극복하고 점잖고 참을성 있는 이상적인 성격을 추구하도록 자극했어.

지금까지도 아빠는 여전히 아빠의 급하고 참을성 없는 성격과 줄다리기를 하는 중이란다. 아빠는 한 번도 책에 묘사된 양자리 사람처럼 제멋대로 당당하게 행동한 적이 없어. 그리고 끊임없이 스스로를 수양하는 과정에 있지. 뿐만 아니라 아빠는 자신을 변화시키고 자아를 초월하는 가장 큰 에너지는 다른 사람에 대한 사랑에서 온다는 사실을 발견했단다. 누군가를 사랑할 때 아빠는 굉장히 인내심 있고 부드러운 사람으로 변하거든. 인생에서 더 이상 혼자가 아니라 자기보다 더 중요한 사람이 생기면 자기중심적인 생각이 바뀌고 나쁜 버릇도 쉽게 고쳐지는 거야.

요 몇 년간 네가 아니었다면 아빠가 어떻게 완벽하게 가지런한 댕기머리 땋는 법을 배울 수 있었겠니? 아빠는 심지어 매일매일 아빠 자신이 연습하던 것보다 더 참을성 있게 네 연습을 돕고 있단다. 너와 음악의 친밀함 속에서 가장 큰 만족감을 얻으면서 말이야.

우리가 함께 읽으며 토론했던 책이야.
너는 완결편까지 전부 읽었지만
난 아직 다 못 읽었단다.

늙음이 두렵지 않은
최고의 명약

너의 피아노 연주 소리를 들은 아저씨 아주머니들은 종종 아빠에게 네 장래 계획에 대해 묻는단다. 그분들은 엄마 아빠가 당연히 너를 음악 방면으로 키울 거라고 여기고, 네가 반드시 외국으로 유학을 가야 한다고 생각한단다. 어떤 사람들은 적극적으로 이런저런 조언도 해주지. 외국에는 몇 살 때 가는 게 좋은지, 미국으로 가야 하는지 유럽으로 가야 하는지, 어느 음악학교가 유명한지 등등.

이런 호의에 대해 아빠는 줄곧 이렇게 대답한단다.

"저는 잘 모르겠어요."

아빠는 너의 미래가 어떤 모습일지 정말로 모르겠거든.

이 '모르겠다'는 말에는 적어도 세 가지의 의미가 있어.

첫 번째로, 아빠는 다른 모든 인류문명의 위대한 성과와 마찬가지로 음악 역시 오랜 시간의 준비와 훈련이 필요하단 사실을 잘 알고 있단다. 그 과정에는 수많은 변수가 있기에 결코 쉬운 길이 아니야. 우리는 아주 작은 성과를 보고 너무나도 큰 기대를 품는 버릇이 있어. 예컨대, 자기 아이가 또래보다 조금 더 조리 있고 감수성 있는 작문을 쓰면 금세 이 아이가 자라면 문학가가 될 거라고 생각하거든.

아빠는 이렇게 순진한 환상을 갖고 있지 않단다. 너와 음악 사이의 관계는 이제 겨우 시작인걸. 그 중간에 얼마나 많은 변화가 생길지는 누구도 알 수 없지.

아빠는 심지어 네가 앞으로도 계속 지금처럼 음악을 사랑할 거란 확신조차 없단다. 인생의 길에는 언제든지 네가 지금껏 만난적이 없는 신기한 것들이 튀어나오기도 하고, 지금은 네가 잘 모르지만, 어느 날 갑자기 매력을 느끼게 될 일들이 불쑥 네 앞에 나타날 수도 있거든. 따라서 아빠는 음악이라는 범위를 하나 정해놓고, 이 범위가 얼마나 크던지 간에 네게 이 범위 내에서만 선택을 하도록 강요할 수는 없어.

아빠는 네가 정말 크고 다채로운 세상을 보았으면 좋겠어. 네가 여러 가지 다양한 가능성을 생각하고 느끼면서 내면의 열정을 찾을 수 있기를 바라고 있지. 가장 좋은 건 스스로 기꺼이 하고자 하는 열정이야. 열정을 쏟은 곳이라면 다른 사람들이 지루하고 힘들게 여기는 일들도 빛나는 불꽃을 피울 수 있어.

아빠는 네가 밝은 불꽃을 피우는 삶을 살기를 바란단다. 그래서 아빠는 네가 어떤 길을 가야 할지 너 대신 정해 줄 수 없어. 네가 나중에 어떤 사람으로 변할지 알 수 없거든. 이게 '모르겠다'는 말의 두 번째 의미란다.

세 번째 '모르겠다'의 의미는 내 이기적인 마음에서 나온 거란다. 아빠는 너의 미래가 어떨지 조금도 미리 알고 싶지 않아. 아빠 힘으로 너의 미래를 만들고자 하는 생각은 더더욱 없어. 그렇게 되면 궁금해 하는 재미를 잃어버리니까. 아빠는 너의 세 살 때 모습과 행동을 자주 떠올려보지만, 지금의 네 모습이나 행동과 연결되는 점은 거의 찾을 수가 없단다. 다시 말해서, 네가 세 살 때 아빠는 네가 열 살 때 어떤 아이가 되어 있을지 전혀 예상할 수 없었던 거야. 그런데 왜 지금 내가 열 살인 너를 데리고 열여덟 살 때의 모습, 심지어 그 이후의 모습까지 결정해야 하겠니?

아빠는 미래의 네가 어떤 모습일지 항상 호기심에 차 있단다. 사람은 늙는 것을 두려워하고, 젊음을 그리워하지. 그 이유는 나이가 들어서 인생의 모습이 정해지면 수많은 가능성이 하나씩 닫혀 버리기 때문이란다. 자기가 비행기 조종사가 될 희망이 없다는 걸 알게 되고, 자기가 시인이나 과학자가 될 희망이 없다는 걸 알게 되고, 자기가 노벨상을 탈 희망이 없단 걸 알게 되고, 그저 지금 그대로의 모습으로 살 수밖에 없단 사실을 알게 되지.

젊음이 주는 가장 큰 선물은 바로 대담하고 한계 없는 꿈이란다. 젊음이 매력적인 이유는 자신의 미래에 대해 여전히 수많은 상상과 호기심이 가득하기 때문이지.

아빠는 너의 미래를 미리 알고 싶지 않아. 너의 미래가 궁금하기 때문에 아빠는 늙는 게 두렵지 않고 중년의 위기도 못 느낀단다. 지금 아빠 자신이 50살이라고 상상하면 너의 열다섯 살 모습이 떠오르고, 아빠 자신이 55살이라고 생각하면 네가 대학을 졸업하는 모습이 떠오르지. 그래서 아빠는 아빠가 50살이 되고 55살이 되는 것이 조금도 두렵지 않아. 오히려 네가 커서 어떤 인생을 살게 될지 흥분과 기대로 가득 차 있단다.

내가 무엇 때문에 아버지란 이름으로 너의 미래를 마음대로 정해 놓겠니? 무엇 때문에 아빠가 늙음과 싸우는 가장 큰 재미를 포기하겠니?

우리의 공통 관심사

아빠는 야구팬이란다. 수년 전 미국에서 유학 중일 때, 쉬는 날이면 종종 8달러를 내고 티켓을 사서 보스턴의 펜웨이파크에 들어가 오후 내내 시간을 보냈어.

야구장 좌석은 지정석이 아니라서 아빠는 함께 경기를 구경하러 온 아버지와 아들을 찾아 그 사람들 뒤에 가 앉는 걸 좋아했단다. 그런 야구팬 아버지는 중요한 순간에 수년간 쌓아온 경험을 아낌없이 아들에게 나눠주거든.

그런 아버지는 자기 아들에게 투수가 방금 던진 공이 얼마나 교활했는지를 설명해 주고, 타자가 배트를 잡는 방식을 보고 투수가 어떤 공을 던질지를 말해 주며, 외야와 내야의 수비수가 어떻게 자리를 바꾸는지를 알려준단다. 물론, 그런 아버지는 기억의 보물상자에서 자기가 관람했던 가장 훌륭한 경기 과정과 장면, 각종 통계 데이터를 끄집어내기도 하지.

아빠는 그들의 곁에서 이 모든 것을 공짜로 배웠기 때문에 경기를 보고 이해하는 능력이 빠른 속도로 향상되었단다.

아빠는 그런 아버지와 아들이 부러웠어. 그들 사이에는 공통의 관심사, 즉 평생 함께 소통할 수 있는 공통 화제가 있는 것이니까. 그런 두 세대의 교류는 자연스럽고 친밀하지.

아빠는 그 아버지가 아들과 함께 경기를 봤던 경험을 절대로 잊지 않을 거라고 믿어. 경기장에서 아빠가 수다스럽게 얘기했던 일도 아들에겐 분명히 평생 가장 소중하고 따뜻한 기억으로 남겠지.

아빠는 그때 이런 생각을 했단다. 나중에 무슨 일이 있어도 내 아이와 공통된 관심사를 가져야겠다고, 아이에게 내 경험과 지식을 말해 주겠다고 말이야.

그런데 오늘날까지 너는 야구공을 어떻게 치는 건지조차 잘 모르고 있구나. 게다가 타이완 프로야구가 여러 차례 풍파를 겪으면서 아빠조차 야구장에 별로 가지 않게 되었어. 당연히 너를 데리고 가서 시합을 보고 야구에 대한 얘기를 할 기회도 없었지. 하지만 상관없어. 우리에겐 음악이 있으니까.

그날 너는 11시가 다 되어 잠자리에 들면서도 계속 아빠와 이야기하고 싶어 했어. 아빠는 마땅히 정색하고 네게 어서 눈 감고 자라고 말해야 했지만, 네가 흥분해서 던지는 질문을 모질게 무시할 수 없었단다. 너는 아빠에게 가장 좋아하는 작곡가는 누구인지, 또 가장 싫어하는 작곡가는 누구인지 물었어. 지금도 좋아하는지, 아니면 어렸을 때 좋아했던 건지도 물어봤지. 그리고 네 나이 때 아빠는 어떤 바이올린 곡을 연주했었는지, 바흐를 연주했었는지를 물었단다.

아빠는 어렸을 때 베토벤을 가장 좋아했어. 선생님 댁에서 들었던 『봄 소나타』의 첫 소절은 일주일 내내 내 머릿속에서 맴돌아 나도 몰래 입 밖으로 소리 내어 흥얼거리곤 했지. 특히 밀스타인의 음색은 어찌나 맑고 감미로웠던지, 아빠는 아빠의 바이올린으로 반복해서 시도해 보았어. 도대체 어떻게 해야 바이올린이 그렇게 노래하도록 만들 수 있는 걸까? 아빠는 용기를 내서 선생님께 물어봤지.

"언제쯤이면 『봄 소나타』를 연주할 수 있어요?"

엄격한 선생님의 얼굴에 뜻밖에도 한가닥 부드러운 미소가 스쳐지나갔단다. 그리고 뜻밖에도 선생님은 나를 혼내지 않고 대답해 주셨어.

"금방이야. 네가 열심히 한다면 말이지."

바로 그때 아빠는 처음으로 바이올린을 배우는 게 행복하다고 느꼈단다.

아빠는 바흐를 가장 두려워했어. 왜냐하면 아빠가 어떻게 연주하든 선생님은 항상 "틀렸어!"라고 말씀하셨거든. 게다가 아빠도 아빠가 틀린 걸 알았어. 악보에는 그렇게 쓰여 있고, 아빠도 악보대로 바이올린을 켰지만 바흐는 아빠가 찾을 수 없는 속에 숨어 있었어.

아빠는 바흐 때문에 자주 혼이 났단다. 그렇지만 아빤 바흐가 싫지 않았어. 바흐를 싫어할 수 없었던 까닭은 선생님의 바이올린 연주 속 바흐가 너무나 아름다웠기 때문이란다. 아빠는 그 음악은 원래 하느님께 바치는 건데 우리가 표를 사지 않고 몰래 들어갔다가 운 좋게 엿듣게 된 거라고 진심으로 생각했단다. 바흐는 아빠에게 싫어할 수도 거부할 수도 없을 정도로 훌륭한 음악이 있다는 사실을 알려주었어.

아빠는 계속 이야기를 이어나갔고, 너도 계속 더 많은 질문을 해댔지. 한 시가 다 되어 가는데도 너의 눈은 여전히 초롱초롱 빛나고 있었어. 아빠는 내일 아침 네가 학교에서 수면 부족으로 정신을 못 차릴 거란 사실을 알면서도 억지로 이 화제를 중단할 수 없었단다. 어쨌든 이건 우리가 공통의 관심사를 나눌 수 있는 귀중한 시간이니까 말이야.

다시 자연을 느끼다

너는 어렸을 때부터 가벼운 근시가 있었단다. 그래서 하는 수 없이 너를 안과에 데려갔지. '시에'라는 선생님이 계시는데, 아빠는 대학시절부터 그분께 안과 진료를 받았단다. 그분은 네가 아빠의 딸이라는 걸 알고 자연스레 주의를 주셨어.

"책을 너무 오랫동안 보면 안 된다!"

아빠는 재빨리 말했어.

"아직 초등학교 1학년이라서 글자도 잘 모르는 걸요. 읽을 책도 별로 없어요!"

시에 선생님은 또 말씀하셨어.

"아빠한테 주말에 자주 밖에 나가서 놀자고 하렴."

아빠는 입장이 곤란해져서 이렇게 말했어.

"하지만 저희 집은 산에 있는 걸요. 딸아이 책상 옆에는 큰 창문이 있어서 멀리 다툰산(大屯山)하고 치싱산(七星山)도 볼 수 있어요!"

게다가 그 무렵 우리는 거의 매주 빈하이 고속도로를 달리며 아오디(澳底)와 스청(石城), 심지어 이란(宜兰)까지 놀러 다녔어. 아빠는 절대로 너를 집에만 가둬놓지 않았어!

너의 시력이 걱정된 아빠는 너의 습관에 주의를 기울이기 시작했단다. 그러다가 뜻밖의 발견을 하게 됐지.

아빠는 평범한 외출이든 아니면 빈하이 고속도로를 달리는 여행이든 네가 실제로 고개를 들어 창밖의 움직이는 풍경을 바라보는 일이 드물다는 사실을 발견했단다. 그래서 아빠가 창밖을 내다보라고, 멀리 바라보라고 말해도 너는 금세 차 안에 있는 자질구레한 것들에 정신을 팔거나 앞좌석 중앙에 조그만 얼굴을 가까이 대고 열심히 우리에게 말을 걸었지.

아빠는 너의 이런 습관이 낯설고 이해가 안 됐어. 아빠는 어릴 때부터 타이베이의 구시가지에서 자라 왔기 때문에 주변에 즐길 만한 자연환경이 별로 없었단다. 그래서 어렸을 적 자전거 타는 법을 배우고부터는 매일 어떻게 하면 좀 더 멀리 갈 수 있을까, 어떻게 하면 저 멀리 흐릿하게 보이는 산까지 갈 수 있을까 궁리했지. 실제로 톈무공원(天母公园)과 와이슈양천(外双溪)까지 자전거를 타고 가서 산과 물이 있는 자연 속에서 느꼈던 즐거움은 영원히 잊을 수가 없단다.

그리고 더 커서는 화롄(花蓮)으로 돌아오는 길에 하늘과 바다, 그리고 파도의 변화하는 색깔을 바라보았지. 조금 더 자란 어느 해 여름에는 미친 듯이 두 개의 국토횡단 팀에 연이어 등록해서 처음에는 구관(谷关)에서 우링농장(武陵农场)까지, 그 다음에는 리산(梨山)에서 화롄(花蓮)까지 걸어갔던 적도 있단다.

그러다 보니 아빠는 네가 대자연의 웅장한 아름다움을 느끼지 못한다는 사실을 상상할 수도, 인정할 수도 없었어. 그 시기에 아빠는 이런 저런 수를 써서 네가 산과 바다, 하늘에 관심을 갖도록 유도했단다.

자동차가 박쥐동굴 옆 터널을 빠져나오면 반짝이는 바다가 눈앞에 가득 펼쳐졌지. 아빠는 네게 고개를 돌려 지룽위(基隆屿)와 시시각각 변하는 바다의 색채를 바라보고 바다가 하늘의 맑고 흐린 상태를 얼마나 섬세하게 반영하는지 관찰하라고 했어. 그리고 끊임없이 벼랑에 부딪히는 파도를 가리키며 앞뒤로 오르내리는 파도의 선에 대해 설명했어.

우리는 비토우쟈오(鼻头角) 난간 앞에서 파도의 미세한 거품이 공기 중에 날리며 만들어내는 시원함과 습함을 느꼈지. 그리고 라이라이(来来) 암초 낚시터로 내려가 두 시간 동안 암초 구멍에 갇힌 작은 풀과 물고기, 주먹만한 작은 문어를 구경하는 한편 조수가 들어왔다 나가기를 기다리기도 했어. 또 자동차가 고속도로를 달릴 때 우리는 저 멀리 보이는 암초가 무슨 동물을 닮았는지 맞히는 시합도 했지. 그리고 또 우리는 일부러 신주난랴오(新竹南寮) 해변까지 가서 커다란 둥근 태양이 바다 속으로 지는 장면도 구경했어.

솔직히 말해서 이런 노력들이 네가 대자연을 느끼는 데 정말로 도움이 되었는지 아빠는 지금까지도 확신이 없단다. 혹시 너는 정말로 오로지 음악이나 주변 사람들, 주변에서 벌어지는 일에만 관심이 있는 걸까?

하지만 아빠는 이 사실만큼은 확실히 알고 있단다. 너를 데리고 자연을 보러 다니면서 아빠 자신이 더욱 참을성 있고 세심하게 자연을 재인식하게 되었다는 걸 말이야. 당연하게만 여겼던 수많은 풍경에 새롭고 신선한 의미가 생긴 것이지. 아빠는 다시 한번 어린아이의 시선으로 자연을 보고 수많은 두근거림과 감동을 얻었단다. 어린아이인 네가 아빠를 데리고 다니면서 세월을 거슬러 다시금 어린 시절의 호기심을 느끼게 해준 거야!

창문 옆에 서서
창밖을 내다보는 그림자

"원주민 언어에서 '베이토우(北投)'가 무슨 뜻이게?"

"몰라."

"힌트 줄게. 네가 제일 무서워하는 거야."

"……."

"그래도 생각 안 나니? 정답은 '마녀'야!"

"나는 마녀 안 무서워하는데, 마귀가 무섭지."

하지만 아빠는 네가 어렸을 때 마녀를 제일 무서워했던 걸 똑똑히 기억한단다. 마녀가 숲속에 산다는 이야기를 듣고 너는 아빠에게 집 앞 작은 산속에 나무가 우거진 곳도 숲이냐고 물어봤어. 그래, 좋아. 너는 이제 마녀를 무서워하지 않는구나. 어둠 속에 숨어 있을지 모르는 마귀가 가장 무섭다는 거지?

너는 이 틈을 타서 말했어.

"우리 집에는 유리 창문이 왜 이렇게 많아? 밤에 너무 무서워. 나는 내 방에 창문이 없었으면 좋겠어!"

유리 창문이 이렇게 많은 이유는 바깥에 탁 트인 산 풍경이 시멘트벽에 가려서 안 보이게 되면 아까우니까 그래. 유리가 이렇게 많은 이유는 집에 햇빛이 잘 들어야 밝은 집안에서 자연과 더욱 가까워질 수 있기 때문이야. 네가 한밤중에 유리창 밖에 있는 마귀를 보게 될까 봐 무서워하는 걸 알면서도 아빠는 아빠의 생각을 바꿀 수가 없단다. 아빠는 네가 창문이 많은 환경 속에 살면서 바깥세상을 느끼는 습관을 길렀으면 좋겠어. 자연이 만든 것이든 사람이 만든 것이든 넓고 신기한 세상을 말이야.

이건 어쩌면 아빠 자신이 비교적 폐쇄적인 시대에 성장했기 때문일지도 모르지. 아빠는 어렸을 적 인생의 창문에 목말라 있던 그 느낌을 아직도 기억한단다. 아빠가 자라면서 느꼈던 가장 큰 깨달음은 바로 자신이 너무나도 보잘 것 없고 부족한 존재라는 사실이었어. 아는 것이 조금씩 늘어날수록 세상이 얼마나 큰지 다시금 깨달을 수 있었단다.

우리는 TV 앞에서 인류가 달에 오르는 모습을 볼 수 있어. 그러나 달 뒤편 우주에는 여전히 더 많은 별빛과 더 많은 신비가 숨겨져 있단다. 우리는 지리 교과서를 통해 길이와 너비에 대한 기본 개념을 익혔어. 빛은 기다란 강이고 타이완을 열 몇 개 합친 것만큼이나 길다는 사실을 말이야.

　아빠는 제한된 공간에 갇혀 생활주변과 교과서에서 배운 지식과 경험만 가지고 살아가고 싶진 않단다. 바깥에는 더 큰 세상이 존재하지만 반드시 창문이 있어야만 무형의 벽을 부수고 더 크고 풍부한 세상과 만날 수 있어.

　그래서 아빠는 너를 제한된 공한에 가두고 싶지 않아. 그래서 우리 집엔 창문과 유리뿐 아니라 책도 많이 있지. 책과 유리는 모두 외부 세계로 통하는 창문이란다. 책은 상상력을 북돋아 내가 그 폐쇄된 시대 속에서 자연의 신비를 이해하고 다른 사람의 인생을 보고, 객관적으로 경험을 통합하는 방법을 터득하도록 해주었지. 아빠는 아빠가 사랑하는 책과 아빠가 읽었던 책을 네 곁에 놓아두었단다. 언젠가 너는 그 중의 한 권을 펼쳐서 그 전까지 접해 보지 못했던 세상의 풍경을 보고 사람에 대한 새로운 인식을 갖게 되겠지.

　아빠는 네가 어떤 풍경을 좋아하고 어떤 일에 흥미를 느껴야 하는지 이끌어주고 싶지도 않고 그럴 능력도 없단다. 하지만 아빠는 네가 최대한 많은 선택권을 갖도록 도와줄 수는 있어. 무엇보다 아빠는 네가 개방적인 자세를 갖길 바란단다. 성급하게 자기 인생을 결정짓고 인생의 가능성을 닫아 버리면 안 돼.

　우리가 인생의 잠재력과 변화를 전부 다 예측할 수 있는 건 아니잖니? 시간이 좀 더 지나면 너는 더 이상 마귀가 무섭지 않을 수도 있어. 시간이 좀 더 지나면 너는 마귀에게도, 이전에 있었던 여러 가지 마귀 이야기에도, 구노(Charles Francois Gounod)나 베를리오즈(Louis Hector Berlioz)의 오페라나 리스트(Franz Liszt)의 『메피스토 왈츠』처럼 마귀와 교류하는 내용의 음악들에 강한 흥미를 느끼게 될 수도 있지 않겠니?

아빠는 창문 옆에 서서 창밖을 내다보는 그림자가 가장 매혹적이라고 생각한단다.

이 등은 수많은 유리창 사이에서 빛나며
매일 저녁 집으로 돌아오는
우리를 맞이해 주지.

아이는 어른의 창문이다

　너는 친구의 생일파티에 가면서 6시에는 나오겠다고 약속했어. 그런데 널 데리러 갔을 때 너는 그곳을 떠나고 싶어 하지 않았지. 너는 억울하다는 듯이 물었어.

　"왜 내가 제일 먼저 나와야 해?"

　네 기분이 풀어지기를 기다리면서 아빠는 아빠가 너만 할 때 참석했던 생일파티가 생각났단다. 그 시절엔 사실 생일파티가 별로 유행하지 않았어. 먹고 살기도 힘들 만큼 다들 가난해서 절약하며 살아야 했던 데다가 그때는 지금처럼 그렇게 아이들을 중요하게도 생각하지 않았거든. 우리 반에는 아빠가 홍콩에서 사업을 하시는 친구가 한 명 있었는데, 그 집은 사고방식이 일반 가정과 달라서 아이에게 인색하게 굴지 않았어. 그 친구는 일찍부터 바이올린을 배우기 시작한 데다 최고급 독일제 바이올린을 사용했지.

그 친구는 자기 생일에 반 친구들 서너 명을 집으로 초대했어. 그 무렵 아빠는 그 친구와 가깝게 지내면서 자주 그 친구의 집에 놀러가곤 했단다. 학급에서 밴드 시합 준비를 하는데 바이올린을 켜는 학생 세 명이 주력 멤버였고 그 중에서 내가 배운 시간이 가장 짧아 연주 실력이 가장 뒤처져 있었거든.

그 친구는 자진해서 토요일 오후에 자기 집에서 같이 연습하자고 해주었어. 그래서 생일파티를 열 때 아빠도 초대를 받았단다. 친구는 함께 저녁을 먹을 거라고 미리 귀띔해 주었어. 하지만 한참을 놀다가 배에서 꼬르륵 꼬르륵 소리가 나기 시작했는데도 친구네 집 주방에서는 음식을 준비할 기미가 안 보였단다. 심지어 친구 엄마의 그림자도 보이지 않았지. 아빠는 함께 저녁을 먹을 거라고 했던 얘기는 어쩌면 내가 잘못 들은 걸지도 모른다고 생각했어. 이따가 집에 가면 남은 밥조차 없을까 봐 걱정하면서 말이야.

그때 친구의 아빠가 열쇠 꾸러미를 들고 우리에게 같이 나가자고 하셨어. 쐉청가(双城街)로 가서 골목 두 개를 지난 후에 친구 아빠는 자연스럽게 어떤 식당의 문을 열었지. 아빠는 깜짝 놀라서 하마터면 심장이 입으로 튀어나올 뻔했단다.

그 식당은 '통일 스테이크 하우스'였어! 우리는 매일 그 식당 앞을 지나다녔는데, 다들 '통일 스테이크 하우스'와 더후이가(德惠街)에 있는 '통일 호텔'은 전부 외국인을 대상으로 영업한다는 걸 알고 있었지. 아빠는 아빠가 그 두껍고 묵직한 나무 문 안으로 들어가게 될 거란 생각은 단 한 번도 해 본 적이 없었단다.

우리는 안으로 들어가서 자리에 앉았어. 그뿐만 아니라 우리는 정말로 각자 1인분의 스테이크를 먹었단다. 그 전까지 아빠는 '스테이크'가 도대체 뭔지도 잘 몰랐어. 나이프와 포크로 음식을 먹었던 적은 더더욱 없었지.

그날 식사를 하면서 아빠는 아마 여러 차례 실수를 저질렀을 거야! 아빠는 아빠가 나이프와 포크를 어떻게 집었는지, 밥을 어떻게 먹었는지 기억이 안 난단다. 입으로 들어간 음식이 도대체 무슨 맛이었는지도 기억이 나지 않아. 오히려 기억에 남는 건 집으로 돌아가서 부모님께 '통일 스테이크 하우스'에 갔었다는 얘기를 했을 때 부모님이 보이셨던 반응이란다. 너의 할머니와 할아버지께서도 '통일 스테이크 하우스'에 들어가 본 적이 없으셨어. 그분들도 그 식당 안이 어떤 모습일지 무척 궁금해 하셨지. 네 할머니께서 물어보셨어.

"정말로 나이프와 포크로 밥을 먹니?"

할아버지도 물어보셨어.

"분명히 비싸겠지?"

그분들은 서로 번갈아가면서 스테이크 식당에 대해 여러 가지 질문을 하셨어. 아빠가 대답할 수 있는 질문도 있었고 아예 대답할 수 없는 질문도 있었지. 아빠는 두 분의 얼굴에서 예전에는 보지 못했던 광채를 보았어. 두 분은 아빠에게 질문을 던지고 아빠는 그분들의 호기심을 만족시켜 드렸지.

부모님과 아들의 역할이 거꾸로 뒤바뀐 거야. 그 순간 아빠는 부모님도 모르는 경험과 지식을 갖고 있단 사실이 굉장히 자랑스러웠어!

아빠는 얼마 지나지 않아 너 역시 아빠가 접해 보지 못한 경험과 지식을 내게 가져다 줄 거라는 사실을 잘 알고 있단다. 너는 네자신의 삶을 갖게 될 것이고, 그 삶 속에서 새로운 세계를 만나게될 거야. 너는 그 세계의 새로운 경험을 내게 가져다주겠지. 그때는 네가 이 아빠의 창문이 되어 아빠가 그전까지 보지 못했던, 볼기회가 없었던 풍경을 보여줄 거야. 아빠는 네가 아빠에게 어떤풍경을 가져다줄지 상상조차 할 수 없지만, 너를 통해 미지의 경험과 지식을 얻게 될 그날을 진심으로 기대하고 있단다.

완벽을 추구하는 과정이
결과보다 중요하다

저녁에 주방에서 너의 내일 점심 도시락을 준비하면서 아빠는 네가 피아노실에서 쇼팽의 『발라드 1번』 중 빠른 톤 클러스터 구간을 반복해서 연습하는 소리를 들었어. 아빠는 브로콜리를 재빨리 데쳐서 찬물에 넣어 식힌 다음, 달군 팬에 기름을 둘러 미리 준비해 둔 빨간 양파와 다진 마늘을 넣고 그 다음에 데친 브로콜리를 넣어 살짝 튀긴 후 소금을 뿌려서 마무리했지.

그러고 나서야 아빠는 아빠가 요리를 하면서 무의식적으로 너의 연습 횟수를 세고 있었단 사실을 깨달았어. 완성된 요리를 그릇에 담아낼 때 아바는 백서른아홉까지 셌단다. 너는 네가 원하는 유창한 소리를 내기 위해서 그 구간을 적어도 백서른아홉 번은 연습한 거야.

접시에 담긴 녹색 브로콜리를 바라보면서 내 생각은 브로콜리와 비슷한 또 다른 채소로 옮겨갔어. 바로 네가 아주 싫어하는 콜리플라워란다. 콜리플라워는 너뿐만 아니라 꽤 많은 사람이 싫어하는 채소지. 양식에서 콜리플라워는 흔한 식재료지만 대부분 메인 요리 옆에서 조연 역할만 할 뿐 더 중요한 역할을 하는 경우는 드물단다.

프랑스에 루아조(Bernard Loiseau)라는 셰프가 있었는데 이 사람은 콜리플라워로 메인 요리를 만드는 데 도전했어. 루아조는 대단한 셰프였단다. '미슐렌 쓰리 스타'를 받은 최고급 셰프이자 완벽주의자였지. 그는 한 가지 아이디어를 생각해냈어. 콜리플라워 표면에 얇게 시럽을 묻혀서 맛의 차원을 높이는 거야.

그는 시도에 시도를 거듭하며 가장 훌륭하고 누구도 먹어보지 못한, 감탄을 자아내는 콜리플라워 요리를 만들고자 했어. 그는 여러 가지 방법을 시도했단다. 콜리플라워를 삶아 보기도 하고 볶아 보기도 하고 쪄 보기도 했어.

시럽을 만들 때도 여러 가지 방법을 사용했지. 팬을 뜨겁게 달궈 보기도 하고 식혀 보기도 하고, 물을 넣기도 하고 안 넣기도 하고, 콜리플라워를 팬에 넣고 오래 굴려 보기도 하고 잠깐 굴려 보기도 하고, 천천히 굴려 보기도 하고 빨리 굴려 보기도 했단다. 그는 세상에서 유일한 완벽한 방법을 찾아내서 콜리플라워를 훌륭한 요리로 만들 수 있다고 믿었어.

그가 정성껏 요리한 콜리플라워가 드디어 세상에 선보였단다. 하지만 가장 먼저 이 요리를 맛보았던 미식 평론가들의 평가는 그다지 좋지 않아. 평론가들은 시럽을 묻힌 콜리플라워가 여전히 그저 그런 조연급의 콜리플라워라 딱히 놀랄 이유가 없다고 생각했단다.

스타 셰프 루아조는 크게 좌절해서 그만-자살하고 말았어. 그는 자신의 요리에 대한 미식가들의 부정적인 평가를 견딜 수가 없었던 거야. 어쩌면 그보다도 자신이 콜리플라워를 훌륭한 요리로 만드는 데 실패했단 사실을 견디지 못했던 것일 수도 있지. 아빠는 네가 음악에서 완벽을 추구하는 걸 막을 수도 없고 막지도 않을 거야. 하지만 아빠는 완벽주의자의 태도에는 반드시 얼마간의 '자신감'이 필요하다고 생각한단다.

'완벽'은 다른 사람의 평가와 의견 위에 세워져서는 안 돼. 완벽을 추구하는 사람에게는 반드시 커다란 자신감이 필요하지. 외부의 인정이 아니라 자신을 기준으로 삼아 자신과 완벽 사이의 거리를 가늠할 수 있도록 말이야. 그리고 완벽을 추구하는 과정에서 얻는 성취감이 실은 마지막에 얻는 성과보다 더 크단다.

아빠는 루아조가 콜리플라워를 가지고 여러 번 반복해서 실험했을 때 분명히 즐거웠을 거라고 믿어. 그렇지 않았다면 스스로 주방에 갇혀서 그렇게 오랜 시간이나 홀로 콜리플라워와 씨름할 수 없었을 테니까 말이야.

하지만 루아조는 이런 즐거움이 그 자체로 인생의 큰 성과라는 사실을 잊고 말았어. 이런 즐거움을 체득하고 받아들였다면 나중의 결과도 대범하게 받아들일 수 있었을 텐데 말이야. 진정한 완벽이란 완벽을 좇는 과정에서 전심으로 느끼게 되는 즐거움이란다. 그 어떤 것도 섞이지 않은 순수한 즐거움 말이야.

아무리 훌륭한 연주도, 아무리 섬세한 요리도 모든 사람이 다 좋아하고 완벽하다고 여길 수는 없어. 그런 완벽함이란 존재하지도 않거니와 추구할 가치도 없단다. 게다가 그런 완벽함을 목표로 삼았다간 루아조와 같은 비극이 생기기 쉽다는 걸 명심했으면 한다. 루아조가 얼마나 억울하게 죽었는지 생각해 보렴.

책임감이 편안한 마음을
가져다 준다

아빠는 네게 고맙다는 말을 하고 싶어. 네 덕분에 '낭만주의 피아노 음악' 해설 강좌를 무사히 마칠 수 있었으니까 말이야.

막이 오르고 아빠는 사람들에게 너를 소개했어.

"이 분은 저와 호흡이 가장 잘 맞는 피아노 연주자랍니다."

그때 아빠가 미처 하지 않았던 말은 이 말이야.

'그리고 제가 가장 신뢰할 수 있는, 가장 안심할 수 있는 파트너죠.'

해설을 진행하면서 아빠는 너에 대한 믿음을 더욱 더 확신하게 되었어. 그리고 비록 아침저녁을 함께하는 내 딸이지만 여전히 너의 새로운 자질과 개성을 끊임없이 발견하고 있다는 사실을 깨달았단다.

예전부터 우리는 네가 무대에서 연주하는 걸 두려워하지 않고 실수도 잘 안 한다는 걸 알고 있었어. 하지만 그건 네가 아직 어려서 두려움이나 긴장을 모르기 때문이라고 생각했지.

조금 더 자라자 너는 우리에게 무대에 오르기 전에 긴장하기 시작했다고 말했어. 심지어 손가락이 얼음장처럼 차가워질 정도로 긴장돼서 꼭 핫팩을 손에 쥐고 있어야 할 것 같다고 했지. 그래도 다행인 건 네가 아무리 그렇게 긴장을 했어도 무대에 올라 피아노에 손가락을 올리는 순간 너의 긴장을 눈치 채는 사람은 아무도 없었단다.

그런데 이번에 강좌를 준비하면서 아빠는 네 내면에 음악에 대한 특별한 힘이 있다는 걸 느꼈어. 정확하게 묘사할 수는 없지만 확신 같기도 하고 결심 같기도 했지. 너는 네가 해낼 수 있단 걸 알고 있거나, 아니면 어떻게든 해내겠다고 결심한 것 같았어. 확신이든 결심이든 그 힘은 아빠가 알아챌 수 있는 방식으로 너의 음악 안에 녹아들어 아빠를 안심시켜 주었단다.

강좌를 시작하기 전에 아빠는 아빠가 무슨 이야기를 할 건지, 네가 어떤 음악을 연주해야 하는지 정도만 네게 알려줬어. 모든 곡은 최소한 처음부터 끝까지 한 번, 내 해설에 맞춰서 부분별로 한 번씩은 연주해야 했지.

네 선생님은 강좌가 시작되자 무대 아래에서 안타까워하며 말씀하셨어.

"저렇게 긴 곡들을 전부 두 번씩 연주해야 하다니, 얼마나 힘들까!"

너는 꼬박 한 시간에 달하는 베토벤과 슈만, 리스트와 쇼팽의 곡들을 연주했는데, 그 분량이 거의 독주회에 맞먹었으니까 말이야.

하지만 그 과정에서 너의 그 출처 모를 확신과 결심이 피아노에서 끊임없이 흘러나왔기 때문에 아빠는 처음부터 끝까지 단 한 순간도 걱정하지 않았단다. 아빠는 아빠가 계획한 대로 청중을 음악의 구조와 음악의 이야기, 음악의 감정과 음악의 서술로 안내했고, 낭만주의 음악에 대한 내 지식을 최대한 명확하게 설명하려고 노력했어.

강좌를 진행하면서 아빠는 심지어 즉흥적으로 흐름을 살짝 바꾸기도 했지. 네가 두 번째로 리스트의 음악회 연습곡 『비탄』의 시작 부분을 연주할 때 아빠는 해설을 한 단락 끼워 넣기로 결정했어.

아빠가 앞으로 걸어가서 너의 등을 살짝 건드리자 너는 자연스럽게 연주를 멈췄지. 마치 아빠가 이런 식으로 네게 신호할 줄 미리 알고 있었다는 듯이 말이야. 마지막에 너의 어깨를 감싸고 함께 허리를 숙여 관중에게 인사를 하고 나서야 아빠는 깨달았단다. 아빠를 도와 이 음악들을 펼쳐 보인 사람은 아직 열두 살이 채 안 된 어린애라는 사실을 말이야.

네가 나중에 피아니스트가 될지 안 될지는 아무도 모른단다. 하지만 바로 그때 아빠는 안도감 속에서 네가 어느 새 한 뼘이나 훌쩍 자라 있다는 사실을 알게 되었단다. 너는 음악에 대한 강한 책임감을 가지고 있어. 뿐만 아니라 너의 책임감은 수많은 현실적인 변수와 고민을 뛰어넘어 안정감을 가져다주었지. 너는 네 자신뿐만 아니라 네 인생에 참여한 모든 사람을 안심하게 해주었단다.

고맙구나. 이렇게 편안한 마음으로 너와 협업할 수 있게 해 주어서.

우리가 함께 한 '해설이 있는 음악회'.
아빠는 네가 전력을 다해 연주할 걸 알았기 때문에
부담 없이 편하게 이야기할 수 있었단다.

우리는 모두
마팔다를 사랑해

너는 스프를 싫어하지. 적어도 아빠처럼 그렇게 스프를 좋아하지는 않아. 그런데 살다 보니까 아빠만큼 스프를 좋아하고 많이 먹는 사람도 드물더구나. 예전에는 식사시간에 아빠가 스프를 먹으라고 타이르면 너는, "나는 아빠가 아니야!"라고 말했어.

요새는 아빠가 스프를 먹으라고 타이르면 너는 스프를 싫어하는 또 다른 여자아이, 바로 마팔다 얘기를 시작하지. 너는 마팔다가 식탁에 오른 스프를 볼 때마다 짓는 이상한 표정을 흉내 내기도 하고, 마팔다가 입가에 묻은 스프를 닦아내며 "내 잠재의식 속 스프를 닦아낼 방법은 없을까?" 하고 말했던 것도 기억하고 있어.

마팔다는 아르헨티나 만화가 끼노(Quino)가 창조해낸 캐릭터로,

30년 전쯤 타이완에 소개되었지. 그 시절 우리에게 아르헨티나는 굉장히 낯설게 느껴졌단다. 하지만 신기하게도 산마오의 번역과 그의 높은 지명도 덕분에 마팔다는 타이완에 받아들여졌고, 아빠를 포함한 많은 사람이 기억하는 만화가 되었어.

몇 십 년이 흘렀지만 아빠는 만화 속 아이들의 모습을 잊지 않았단다. 아빠는 언제든지 마팔다와 귀예, 펠리페, 마놀리또, 수사니따, 미겔리또를 눈앞으로 불러낼 수 있지. 게다가 몇 십 년이 흘렀는데도 아빠는 이 아이들 각자의 특징을 확실히 기억하고 있단다.

펠리페는 언제나 망설이지. 숙제를 하러 가야 한다고 말해놓고도 꾸물대며 가지 않아. 그러면서 속으로는 죄책감에 시달리지. 마겔리또는 항상 어떻게 하면 돈을 벌어 부모님의 잡화점을 키울 수 있을까를 궁리하고, 수사니따는 오로지 백마 탄 왕자님과 미래의 남편, 아이, 결혼과 가정생활에만 관심이 있어. 미겔리또는 꼬마 철학자로 다른 사람들은 생각지도 못하고 대답할 수도 없는 일들만 생각하지. 이렇게 말이야.

"슬리퍼는 왜 사람에게 의지해야만 걸을 수 있지?"

아빠는 어렸을 때 이 『마팔다』 만화 시리즈를 몇 번이나 읽었는지는 기억이 나지 않아. 하지만 이 만화 시리즈를 통해서 아빠가 사람의 개성에 대해—모든 사람은 저마다의 개성이 있다는 사실—깊은 인상을 받았다는 건 기억하고 있어.

아빠는 반 친구들뿐만 아니라 심지어 주변 어른들까지 관찰하면서 그들이 대체 어떤 개성을 갖고 있는지 이해하려고 노력했단다. 사람들의 특징을 파악하는 일은 한동안 아빠가 이 세계를 인식하는 가장 중요한 방식이 되었어.

어른이 되어 돌아보니 끼노와 산마오, 그리고 『마팔다』에게 더 깊은 감사의 마음이 생기는구나. 책 속의 아이들은 모두 남다른 개성이 있고 다들 자신만의 매력을 가지고 있어. 어렸을 적 아빠가 가장 이해할 수 없었던 수사니따조차 나도 모르게 반복해서 떠올리게 되는 장면을 남겼지. 수사니따는 집게손가락을 세우며 불만스럽게 말했어.

"나는 애가 마음에 안 들어. 애는 '아니'라고 말할 때만 쓰이거든."

수사니따는 이 말을 하면서 자기의 집게손가락을 흔들었단다. 이 장면과 대사가 너무 멋지지 않니!

아빠는 그들 중에서 단 한 명도 싫어할 수가 없었어. 알고 보니 서로 다른 개성을 가진 사람들은 모두 저마다의 귀여운 면이 있더구나. 아빠는 만화를 읽으면서 아빠와 다른 개성을 가진 사람들과 가까워지고 그들을 좋아하는 법을 배웠어.

아빠는 네가 책상 위의 『마팔다』를 벌써 세 번째 읽고 있다는 사실을 알아차렸단다. 계속해서 책장을 넘기며 그 아이들이 무슨 일을 할까, 무슨 말을 할까 알고 싶어 참을 수 없는 그 마음을 아빠도 이해해. 어쩌면 너도 어렸을 적의 이 아빠처럼 그 아이들에게서 저마다의 개성을 발견하고 친구들이나 엄마아빠, 선생님의 말과 행동을 비교해 볼지도 모르지. 어쩌면 너는 그 책을 통해 서로 다른 개성을 가진 사람들과 어울리는 게 비슷한 사람들과 어울리는 것보다 더 다채롭고 재미있다는 사실을 이해하게 될지도 모르겠구나.

네가 기억하지 못하는 시간을
대신 보관하다

너는 요새 "내가 무슨 어린애도 아니고!"라는 말을 입에 달고 살더구나.

밥 먹을 때 네게 이거 먹어라 저거 먹어라 하면 너는 바로 "내가 무슨 어린애도 아니고!"라고 말하고, 길을 건널 때 네가 너무 빨리 튀어나갈까 봐 어깨를 잡아 제지하면 "내가 무슨 어린애도 아니고!"라고 말하고, 심지어 전철을 탈 때 열차에 뛰어 들어가면 안 된다고 주의를 줘도 "내가 무슨 어린애도 아니고!"라고 말하지.

너의 이런 반항 섞인 대답을 여러 번 듣다 보니 나도 모르게 네가 어렸을 때는 어떤 모습이었는지 되돌아보게 된단다.

얼마 전까지만 해도 '어린애'는 저녁만 되면 통 잠을 못 자고,

피곤해지면 울고불고 난리를 쳤어. 우리는 하는 수 없이 너를 데리고 밖으로 나갔지. 보통 이미 깊은 밤이 된 시각, 11시쯤에 아빠는 운전을 하고 엄마는 너를 품에 안았어.

자동차는 산으로 가는 길에서 빙빙 돌았어. 운이 좋으면 다리 어귀까지 갔을 때 네가 잠들어서 집으로 되돌아올 수 있었단다. 하지만 보통은 고궁까지 가야만 네가 잠든 걸 확인할 수 있었고, 어떤 때는 심지어 고궁을 지났는데도 네 눈이 여전히 말똥말똥한 바람에 어쩔 수 없이 다즈(大直)나 텐무(天母)까지 운전해 가기도 했어.

얼마 전까지만 해도 '어린애'는 여러 가지 자극적인 게임에 맛을 들였어. 그림책을 한 권 샀는데 그 책 속에는 아기곰과 아빠곰이 이런 저런 게임을 하는 내용이 있었단다.

첫 번째는 아기곰이 아빠곰의 발을 밟고 있으면 아빠곰이 아기곰을 이리저리 데리고 다니는 게임이었어.

두 번째는 아빠곰이 아기곰을 어깨까지 높이 들어 올리고 셋까지 센 뒤 다시 내려놓는 게임이었지.

세 번째는 아기곰이 팔을 곧게 뻗고 손바닥을 아빠곰의 손바닥에 올려놓으면 아빠곰이 아기곰을 하늘 높이 들어 올리는 게임이었단다.

그 밖에도 다른 게임들이 있었지. 이 책을 읽고 나서 너는 매일 밤 침대 위에서 아빠하고 이 게임들을 하나씩 해나갔어. 나중에는 책의 순서를 따르지 않고 그 중 하나만 남겨뒀지. 바로 아빠가 너를 데리고 회전해서 원심력으로 너를 날아오르게 하는 게임이 었단다. 한 번 또 한 번, "한 번만 더⋯⋯."

얼마 전까지만 해도 '어린애'는 밥 먹을 때마다 내 품에 안겨서 내가 한 숟갈씩 먹여줘야 했어. 뜨거운 걸 싫어하는 데다 대부분의 음식에 흥미가 없어서 절대로 자기가 음식을 건드리려고 하지 않았지. 너는 아빠가 골라서 입으로 후우 하고 불어 준 음식만 먹으려고 했어. 네가 막 유치원에 들어갔을 때 아빠와 엄마가 가장 걱정했던 것도 네가 이제껏 스스로 밥을 먹어 본 적이 없단 사실이었단다.

다행스럽게도 너는 유치원에서 스스로 밥을 먹는 일에 금세 적응했어. 첫날 줄 서서 급식을 받을 때 네가 줄을 서지 않자 한 친구가 너에게 "줄 서!" 하고 말했지. 그런데 놀랍게도 너는 고개를 돌려 그 친구에게 욕을 했단다. "입만 살아가지고"라고 말이야. 우리도 네 자신도 도대체 네가 어디서 그런 욕을 배운 건지 도무지 알 수가 없었지.

유치원에서는 스스로 밥을 먹게 되었지만 집에 돌아와서 밥을 먹을 때면 너는 여전히 두 손 놓고 스스로 밥 먹을 기미를 보이지 않았어. 초등학교 2,3학년이 되어서도 여전히 식사시간에는 수저를 들지 않고 음식을 가져다줄 때 입만 벌려댔지.

그때 엄마나 다른 사람들이 "어떻게 아직도 어린애처럼 아빠한테 먹여 달라고 하니?"라고 놀리면 너는 당당하게 대답했어.

"내가 어린애지, 그럼 어른이야?"

마치 오늘날 네가 "내가 무슨 어린애도 아니고!"라고 말할 때처럼 똑같이 당당했단다.

어린애였을 때의 수많은 시간을 너는 아마 대부분 잊어버렸을 거야. 그리고 지금은 네가 '어린애가 아닌' 성장 과정에 접어들었단 사실에만 몰두해 있지.

괜찮아. 아빠가 너 대신 기억해 줄게. 이것이야말로 인류가 시대를 뛰어넘어 함께 생활하고 성장하는 가장 큰 장점이란다. 네 인생의 일부분, 네가 미처 기억하지 못하는 부분은 이 아빠에게 맡겨 두렴. 사라지는 일도 빠뜨리는 일도 없을 테니까.

초등학교 1학년 여름방학 때,
도쿄 디즈니랜드에서 한밤중까지 놀다가
그곳을 떠나기 전 선물가게에서
이 곰인형을 골랐지.
발바닥을 잡으면 곰인형이 머리를 흔들었단다.

만약 내가
네 아빠가 아니었다면

네가 참가한 피아노 시합에는 50명이 넘는 참가자가 있었는데 그 중에서 대여섯 명만이 예선을 통과하고 결승에 오를 수 있었어. 오전 내내 대회가 치러지고 점심시간이 되자 주최측에서 오후에는 청소년 시합이 있다고, 청소년 시합까지 끝나야 합격자 명단이 공개된다고 공표했어. 이 말은 저녁 6시 반이 되어야만 네 성적을 알 수 있다는 얘기였지.

너는 비명을 질렀어. 어떻게든 홀가분하게 오후를 보낼 생각이었는데, 이렇게 되면 오후 내내 어떤 성적을 받게 될지 방금 전 무대에서 연주한 쇼팽의 왈츠가 어땠는지를 걱정해야 하니까 말이야.

이건 연주 경험이 없는 사람은 쉽게 이해할 수 없는 곤란한 상황이지. 피아노 소리는 네 손가락이 만들어내는 것이지만, 그럼에도 네 자신은 연주하는 바로 그 순간 정확하게 자신의 피아노 소리를 들을 수가 없어. 네가 피아노에 너무 가까이 있어서 네 귀로 듣는 소리는 청중이 피아노에서 어느 정도 떨어진 곳에서 피아노의 공명과 연주회장의 반향(反響)을 통해 듣게 되는 소리와 다르거든.

가끔 너는 무대에서 내려와 피아노가 충분한 음량을 내지 못했다고 불평하곤 하지. 하지만 무대 아래의 우리는 전혀 그런 문제를 느끼지 못한단다. 너는 피아노의 서로 다른 높낮이와 음색의 변화를 들을 수 있지만 무대 아래의 우리는 그런 느낌을 받을 수가 없어. 아빠는 네가 연주를 하는 동시에 네 귀로 들은 주관적인 소리를 버리고 청중이 듣는 소리를 이해하고 상상하려고 노력하는 걸 알고 있단다.

하지만 어떻게 상상하든 너는 여전히 심사위원들이 무엇을 들었는지, 무엇을 신경 쓸지에 대해서 확신이 없지. 너는 오후 내내 아빠에게 반복해서 물었어.

"내 연주 어땠어?"

"아빠 생각에는 내가 결승까지 갈 수 있을 것 같아?"

"그럼 다른 사람은 잘 친 것 같아?"

아빠는 대답했지.

"내가 심사위원이라면 세 명은 반드시 결승에 들어갈 거야. 너도 그 중의 한 명이고."

너는 잠시 생각하더니 불만스럽게 말했어.

"그건 아빠가 내 아빠라서 그렇지."

아빠도 인정해. 아빠는 네 아빠니까 완벽하게 객관적일 수는 없지.

너는 또 말했어.

"만약에 아빠가 내 아빠가 아니라면? 그래도 내가 결승에 오를 거라고 생각해?"

우와, 이건 정말 어려운 질문이구나! 아빠는 열심히 생각해 보고 말했어.

"만약에 아빠가 네 경쟁 상대의 아빠라고 해도 아빠는 여전히 네가 결승에 오를 거라고 생각할 거야. 마치 아빠가 네 아빠지만 다른 두 아이의 연주도 훌륭해서 결승에 올라갈 거라고 생각하는 것처럼 말이지."

너는 잠시 생각해 보더니 그제야 얼굴에 안심하는 표정이 떠올랐어.

나중에 7시가 되어서야 성적이 발표됐지. 너는 합격했고, 아빠가 말했던 그 두 명의 참가자도 합격했어.

아빠는 기쁘고 안심이 되었단다. 아빠의 예상이 맞았다거나 아빠가 연주를 제대로 들었다거나 하는 이유에서가 아니라, 아빠의 의견이 단순히 네가 아빠 딸이기 때문이라는 주관적인 입장에서 비롯된 게 아니란 걸 증명했기 때문이란다. 아무리 주관적이어도 아빠는 여전히 어느 정도의 객관성과 냉정은 유지할 수 있는 거야.

이것은 아빠가 줄곧 중요하게 여기는 기본 능력이란다. 아무리 자신의 이익과 관계되는 상황에서도 주관적인 편견에 빠지지 않고 객관성을 유지하면서 객관적인 사실을 받아들이는 능력 말이야. 이것은 시비지심(是非之心), 즉 옳고 그름을 가릴 줄 아는 마음의 시작이고, 사람들이 자기중심적인 태도에서 벗어날 수 있도록 해주는 핵심역량이란다. 최대한 자신의 감정에서 벗어나 다른 입장에 서 있는 사람들이 느낄 감정을 고려해야만 우리는 이 세계를 바르게 인지하고 불필요한 다툼을 줄일 수 있단다!

"빨리 하면 나 죽어!"

매일 저녁 네가 잠자리에 들기 전, 나도 모르게 내 초등학교 생활을 추억하게 된단다.

초등학교 6학년 때 우리는 오후 4시에 수업이 끝났어. 학급의 대부분 학생들은 다 같이 뒷문으로 나와 린선베이루(林森北路)를 넘어 솽청제(双城街) 13골목으로 들어갔지. 비좁은 계단을 줄줄이 올라가면 3층에 우리 담임선생님 댁이 있었어. 최소 40명은 되는 학생들이 선생님 집을 꽉 채우고, 각자 조금씩 책상 공간을 얻어서 숙제를 시작했지. 우리는 누가 빨리 숙제를 끝내나 시합하곤 했는데, 빨리 하려고 대충 썼다간 선생님께 검사 받을 때 퇴짜 맞는 수가 있었어. 퇴짜를 맞으면 다 지우고 새로 써야 했단다. 누군가가 숙제를 다 하고 선생님의 검사까지 통과하면, 선생님은 미리 준비한 작은 칠판을 꺼내셨는데, 그 위에는 수학 숙제 해답이 상세히 적혀 있었어. 다 푼 아이들은 정답을 맞춰 보면서 틀린 문제가 있으면 다시 고쳐 썼어. 다 고치면 집에 갈 수 있었지.

실은 아직 다 풀지 않았는데도 어떻게든 선생님의 눈을 피해 칠판에 적힌 답을 베껴 쓰는 아이들도 있었단다.

어쨌든 오후 5시쯤 되면 우리는 모두 학교수업과 보충수업, 그리고 숙제까지 끝낼 수 있었어. 그러니까 집에 가면 온전히 자기만의 시간을 가질 수 있었지. 30년도 더 지난 지금은 오후 5시부터 10시까지의 그 시간을 도대체 어떻게 보냈는지 거의 기억이 나지 않는단다. 그때 느꼈던 여유로움만 기억에 남아 있을 뿐이지. 불과 몇 년 전까지만 해도 초등학교에서 중학교에 가려면 연합고사를 치러야 했어. 6학년 학생들은 시험을 준비하느라 깜깜해질 때까지 공부해야만 했지. 하지만 우리는 연합고사 없이 바로 중학교에 진학하는 세대여서 그런 스트레스가 없었단다.

바이올린 수업 전날이면 아빠는 바이올린을 들고 꼭대기 층으로 올라가 한두 시간 정도 바이올린을 연습했어. 저녁을 먹을 때면 TV에서 방영하는 『선더버즈』(영국의 SF 텔레비전 시리즈-역자 주)를 시청했지. 아빠 자신이 신문에 연재된 무협소설 속의 협객이라고 상상하면서 집 앞에서 이리저리 뛰어다니기도 했어.

그래, 신문을 들고 이해가 되든 안 되든 1면부터 마지막 면까지 읽기도 했지. 민취엔동루(民权东路) 쪽에 있는 '셩따싱(盛大行)'

에 가서 책꽂이 앞에 서서 『아르센 뤼팽』이나 『소오의(小五义)』(중국 청나라 때의 통속소설 『삼협오의(三侠五义)』의 속작–역자 주)를 꺼내어 읽기도 하고, 옆 동네에서 자동차 정비소를 하는 친구 집에 가서 직원들이 자동차 아래로 들어갔다 나왔다 하는 모습을 구경하기도 했어.

용돈이 생기면 골목 어귀에 있는 완구점에 가서 뽑기를 했단다. 5위안에 10장이었는데 당첨되면 50위안을 받을 수 있었어. 하지만 보통은 그저 풍선껌에나 당첨되곤 했지.

아빠는 시간이 부족하단 생각은 해본 적이 없단다. 넘치는 게 시간이거든. 아빠는 어른들에게 재촉당한 적도 없어. 아침이면 동작 좀 빨리 하란 사람도 없었고 저녁이면 빨리 들어가서 자라고 하는 사람도 없었지.

그런데 왜 요 몇 년간 아빠가 네게 가장 자주 하는 말이 "빨리 좀 해!"가 되었을까? 특히 네가 밤에 잠자리에 들기 전, 씻고 책가방을 챙기고 다음날 입을 옷을 준비하고 양치질 하고 화장실에 들를 때까지 꼬박 한 시간이 걸리는 걸 보면 아빠와 네 엄마는 몇 번씩이나 "빨리 좀 해!"라는 말을 외치지.

아빠는 진지하게 네게 물어봤어.

"왜 너는 좀 더 빨리 행동하지 않니? 조금만 빨리 하면 더 많은 일을 할 수 있고 더 오래 쉴 수 있잖아?"

너는 진지하게 곧바로 대답했어.

"빨리 하면 나 죽어!"

아빠는 너의 입에서 이런 대답이 나올 줄은 꿈에도 몰랐단다. 한참을 웃은 뒤에야 아빠는 네 말뜻을 이해했어. 아빠는 여태까지 네가 꾸물대는 이유가 네가 '일부러' 서두르지 않기 때문이라고 생각했거든. 그런데 너는 네가 '빨리 못 한다'고 말해 주었어. 너는 아빠나 네 엄마처럼 조급한 성격이 아니라고 말이야.

그래, 좋아. 아빠는 네가 최대한 너의 모습으로 살 수 있도록 재촉하지 않을게. 하지만 다시는 재촉하지 않을 거란 약속은 할 수 없단다. 왜냐하면 가끔씩 아빠도 '재촉 안 하면 나 죽어!' 하고 느낄 때가 있거든.

어린아이의 시선으로 돌아가서 자연을 바라보면,
당연하게만 여겼던 풍경들에
새롭고 신선한 의미가 생긴단다.

소중한 일상 속의 우연

밤에게 쓰는
연애편지

우리는 베이푸(北埔)에서 3번 지방도로를 따라 북쪽으로 향했어. 어떤 길목에서 단순하지만 눈에 띄는 아치를 발견했는데 그 위에는 크게 '어메이(峨眉) 감귤축제'라고 쓰여 있었지. 자동차는 그곳을 지나쳤다가 다시 방향을 틀어 되돌아갔어. 겨울날 4시 반, 아직 햇빛이 남아 있었고 우리는 모두 귤을 좋아하니까 한번 가보기로 한 거야!

'감귤축제'는 찻길에 수많은 노점을 벌여 놓고 있었어. 저 멀리 내다보니 온통 금빛 찬란한 색상으로 물들어 있었지. 구경하는 사람들은 드문드문 있었고, 노점을 벌이지 않은 사람들도 많았어. 노점 주인들도 정리하고 집으로 돌아가려는 분위기였지. 차문을 여니 추운 날의 강한 찬바람이 금세 밀려들어왔어. 그때 아직 초등학교 1학년이었던 네가 소리쳤어. "추워!" 우리는 엄마만 내려서 얼른 귤 한 봉지를 사오고 가던 길을 계속 가기로 결정했단다.

겨울이 지나고 봄이 오자 우리는 또 신주(新竹)에 갔어. 또다시 3번 지방도로를 달리다가 그 길목을 지나치면서 그 부근에서 귤을 샀던 일을 떠올렸지.

아빠는 핸들을 돌려 지난번엔 10분 정도만 머물렀던 어메이(峨眉)가 어떤 모습인지 보러 갔어. 햇빛이 쏟아지는 길을 따라 앞으로 가니 금세 지난번 '감귤축제'가 열렸던 구간이 나왔어. 이제는 텅 비어서 길가에는 초등학교 하나밖에 없었지. 계속 앞으로 가다 보니 '어메이호수' 표지판이 나타났어.

'아, 호수가 있었구나. 그렇다면 꼭 보러 가야지!'

우와, 알고 보니 호수만 있는 게 아니었어. 호수 둘레에는 시끌벅적한 장이 열려 있었지. 우리는 수많은 차들 틈에서 유료주차장으로 들어갔어. 차에서 내려 잠깐 둘러본다는 게 오후 내내 구경하고 말았지. 그곳에는 하카(Hakka, 타이완에 살고 있는 한족의 한 갈래. 주로 농사를 지으며 객가족이라고도 한다.-역자 주) 음식과 농산품, 수공예품이 있었는데 네게는 모든 것이 다 새로웠지.

마지막으로 우리는 꽃과 화분을 파는 온실농원에 멈춰서 갖가지 식물 사이를 오랫동안 맴돌았어. 너는 '금전초' 화분을 하나 골랐는데, 위쪽에 지름 1센티미터가 안 되는 동그란 금전초 잎 몇 개가 돋아난 모습이 굉장히 귀여웠지.

그 후 한동안 너는 학교에서 내주는 주말 '생활기록' 중 '집안일 돕기' 칸에 항상 '화분에 물주기'라고 적었어. 선생님은 분명히 네가 우리 집 정원에 있는 식물을 돌본다고 생각하셨겠지만, 사실 네가 한 일은 매일 밤 자기 전에 욕실에 놓아둔 금전초 화분에 물을 주는 게 전부였지.

3학년 겨울방학 때 우리는 일본으로 여행을 갔어. 여행에서 돌아와 보니 욕실에 남겨졌던 금전초가 전부 메말라 있었지. 너는 아주 슬퍼했어. 아빠도 미안한 마음에 한가닥 희망을 안고 매일 밤마다 화분에 물을 주었단다. 며칠이 지나자 신기하게도 화분에서 아주아주 조그만 새싹이 돋아났어. 어찌나 가늘고 부드럽던지!

그 다음에 또 해외여행을 가게 됐을 때, 아빠는 잊지 않고 금전초를 정원에 내다놓았어. 이웃이 우리 대신 정원에 물을 주면 금전초도 시들지 않도록 말이야.

그리고 여행에서 돌아와 보니 금전초는 그 전 욕실에 있을 때보다도 더 무성해져 있었어. 우리는 일단 금전초를 집안으로 옮기지 않기로 했지. 그런데 며칠 뒤 갑자기 폭우가 내리는 바람에 정원이 물에 잠기고 금전초 화분도 뒤집어졌어. 비가 그치고 물이 빠진 뒤에 가보니 빈 화분만 보이고 금전초는 행방을 알 수 없었지.

열심히 올라가거라.
진지하게 집중해서
눈앞의 어려움을 극복하렴.

우리는 모두 금전초가 사라졌다고 생각했어. 그런데 한두 달 뒤에 뜻밖에도 정원의 나무 아래에서 새로 나온 금전초 새싹을 발견할 수 있었지. 여전히 가늘고 부드러운 새싹이었어. 또다시 한두 달이 지나자 다른 곳에서도 금전초가 자라나기 시작했어.

가장 신기한 일은 겨울에 일어났지. 겨울이 되기 전에 정원에 있는 잡초를 한 번 제거했는데, 잡초가 없어진 텅 빈 땅에 가장 먼저 고개를 내민 게 바로 금전초였어. 그 뒤로 금전초는 점점 더 많이 자라나더니 우리가 신경을 쓰지 않은 사이에 어느새 금전초가 온 정원을 가득 채웠어. 동그란 이파리가 온 땅을 뒤덮어 바람이 불면 살짝살짝 흔들렸지. 게다가 금전초로 뒤덮인 땅에는 다른 식물이 발들일 공간이 없어지는 바람에 그 전까지 항상 눈에 거슬리던 잡초마저 자취를 감추었단다!

연약한 듯 생명력이 왕성한 금전초를 보면서 아빠는 일상의 가장 큰 기쁨은 바로 모든 일이 우리가 계획한 대로 흘러가지만은 않는다는 데 있다는 사실을 깨달았단다. 어메이와 금전초, 그리고 정원 가득 귀여운 초록빛까지 모두가 우연에서 나온 거야. 우연히 일어난 일이라서, 우리 인간의 힘으로 제어할 수 없는 일이라서 더욱 기쁘고 소중한 것이지.

너와 함께
세상을 바라보다

일상의 영웅

　오늘 네가 공원에서 석양을 바라보며 그네를 탈 때 옆 농구장의 시끌벅적한 경기가 자연스레 내 눈길을 사로잡았단다. 너도 이 아빠가 농구를 얼마나 좋아하는지 잘 알 거야. 집에서도 할 일 없이 심심할 때면 손에 농구공이 있는 것처럼 팔을 뻗고 상상 속 골대를 향해 신중히 슛을 날리곤 하지. 아빠는 직접 농구하는 것도 좋아하지만 보는 것도 좋아해서 누구든 농구하는 사람이 있으면 넋을 잃고 바라본단다.

　아빠는 한 무리의 아이들이 구석 농구골대 아래로 몰려드는 모습을 봤어. 아마 중학생이었을 거야. 그 아이들의 행동은 아직 어린 티가 났어. 몇 명이 모여 별 규칙도 없이 공을 뺏고 슛을 날리며 놀았지. 금세 그 아이들 사이에서 실력이 나뉘었어. 어떤 아이는 드리블과 레이업슛 동작을 흉내 낼 수 있었고, 어떤 아이는 점프슛을 할 수 있었어. 그리고 어떤 아이는 오직 정해진 곳에서만 슛을 날릴 수 있었지. 가장 엉망이었던 건 남색 반바지를 입은 남자아이였어. 그 아이는 슛도 정확하지 않았고 패스는 빗나가는 데다 공을 받는 것조차 어려워했지.

그건 그 아이가 공을 무서워했기 때문이었단다. 공이 그 아이 쪽으로 가면 그 아이는 본능적으로 공을 피했어. 공을 피할수록 그 아이는 손으로 공을 막거나 받는 법은 배울 수가 없었어. 오히려 공에 맞을 확률이 더 높아졌지. 그럴수록 점점 더 공을 무서워하게 되었고 말이야.

그 아이가 농구하는 걸 바라보는 건 일종의 고문이었단다. 그 아이는 겁이 많고 굼뜬 데다 번번이 공에 맞아 한심한 모습을 보였어. 너무 멀리 떨어져 있어서 그 아이들이 하는 말을 들을 수는 없었지만, 내 생각엔 다른 남자애들이 이 남색 반바지를 놀리기 시작한 것 같았어. 중학교 남학생들이 놀리는 말이니 분명히 듣기 거북한 소리였겠지.

그 아이들을 탓할 수도 없는 게, 그렇게 공을 두려워하고 패스도 못 받는 사람과 함께 농구한다는 건 정말이지 고문이거든. 아빠는 유일한 해결책은 저 남색 반바지를 입은 아이가 다른 아이들을 방해하지 말고 스스로 물러나는 거라고 생각했단다. 하지만 홀로 농구장 밖에 떨어져 있기가 싫었던 건지 그 아이는 고집스럽게 농구장 안에서 이리저리 뛰어다녔어. 다른 애들은 다 농구를 하고 있는데 마치 그 아이만 피구를 하는 것처럼 보였지.

조금 이따가 그 중 노란 티셔츠를 입은 남자아이가 남색 반바지를 입은 아이를 잡아 옆으로 끌고 갔어. 그러고는 또 다른 공을 꺼내 그 남색 반바지에게 어떻게 패스를 받아야 하는지 알려주기 시작했지. 노란 티셔츠는 우선 가까이 서서 약하게 패스했어. 한 번, 또 한 번. 그 다음엔 천천히 좀 더 멀리 가서 또다시 바운드 패스와 앨리웁패스를 번갈아 해주었지.

아빠는 매우 놀랐어. 이 노란 티셔츠는 정말이지 인내심이 있었거든. 아빠는 계속해서 노란 티셔츠를 주시하다가 더욱 놀랐단다. 그 아이의 표정 때문이었지. 남색 반바지가 패스를 받지 못했을 때 그 아이의 얼굴에는 조금의 비웃음도, '어떻게 이런 것도 못 받아!' 하며 탓하는 기미도 없었어. 남색 반바지가 의외로 받기 어려운 패스를 받아냈을 때도 노란 티셔츠는 특별히 칭찬하거나 격려해 주지 않았어. 노란 티셔츠는 그저 한 번, 또 한 번 당연하단 듯이 공을 패스해 주었지.

몇 분 동안이었지만 아빠는 남색 반바지의 동작과 표정에 자신감이 붙는 걸 보았단다. 그 아이는 더 이상 패스를 받는 게 그렇게 어렵다고 생각하지 않는 것 같았어. 다시 말하면, 패스 받는 게 쉽다고 생각한 게 아니라 자기가 받으려고 노력하면 받을 수 있단 사실을 알게 된 걸 거야. 자신의 선택과 행동이 패스를 받을 수 있을지 없을지를 결정하는 거지.

아빠는 감동했단다. 그 노란색 티셔츠는 놀랍게도 아주 자연스럽게 수많은 선생님도 하지 못하는 일을 해냈거든. 그 아이는 남색 반바지에게 어떻게 패스를 받아야 하는지 가르쳐주지 않았어. 그저 남색 반바지가 자기 자신을 믿을 수 있게 해주었지. 공을 받고 안 받고는 스스로 선택할 수 있고 스스로 책임져야 하는 일이라는 걸 말이야.

네가 그네에서 내려왔을 때 남색 반바지와 노란색 티셔츠는 벌써 농구장으로 돌아가 있었단다. 노란색 티셔츠는 연속으로 슛을 던졌지만 하나도 들어가지 않았어. 패스 한 번은 아웃되었지. 그러나 아빠는 내가 영웅을 보고 있다고, 일상의 영웅을 보고 있다고 생각했단다.

남이 아닌
자신을 위해 연주하라

신주(新竹)에서 영국 피아니스트 허프(Stephen Hough)가 'TSMC
피아노 대회' 수상자를 지도하는 수업이 열렸어. 고등학교 여학
생 한 명이 무대에 올라 통탕통탕 강하고 재빠른 손놀림으로 리
스트의 『초절기교 연습곡 10번』을 연주했지. 연주가 끝나고 허
프는 한참 동안 할 말을 찾지 못하다가 간신히 이렇게 칭찬했어.
"위밍업을 전혀 하지 않고 무대에 오르자마자 이렇게 연주하다
니 대단해요!"

그런 다음 허프는 악보를 들고 그 여학생에게 물어봤어.

"곡의 이 부분에 Desperato라고 표시된 건 무슨 뜻이죠?"

그 여학생은 악보를 바라보며 눈빛이 멍해졌어. 마치 그곳에
이상한 단어가 있는 걸 처음 발견했다는 듯이 말이야. 여학생은

모든 음표를 빠짐없이 치면서도 리스트가 거기다 뭐라고 썼는지 전혀 신경 쓰지 않았어. 이탈리아어 'Desperato'는 생소한 단어가 아니란다. 영어에도 완전히 같은 뜻의 'desperate'라는 단어가 있는데, 일종의 강렬한 충동을 말하지. 간단히 말해서 자신의 목숨을 버려서라고 얻고 싶은 게 있는데 그걸 손에 넣을 수가 없어서 더욱 포기하지 못하는 절망적인 느낌을 말한단다.

하프는 말했어.

"마치 바이런이 벼랑에 선 것 같은 그런 충동……."

하지만 피아노를 친 그 여학생은 바이런이 누군지도 왜 벼랑에 서 있는지도 모르는 것 같았어. 여학생은 리스트의 곡을 연주했지만 그녀는 그녀였고, 곡은 그저 곡일 뿐이었지. 그 여학생은 리스트가 작곡한 이 곡의 의도를 이해하려는 노력이 전혀 없었어. 이 곡을 빌려 자기 마음속의 열정이나 느낌을 표현하려고 하지도 않았지.

허프가 가르쳐주려고 했던 건 사실 어떻게 연주해야 하는지가 아니라 왜 연주해야 하는지였단다. 그는 심지어 "학생은 너무 정확하게 연주했어요.……." 하고 이해하기 힘든 이상한 말까지 했어.

허프의 말뜻은 이거란다. 절망한 사람이 어떻게 이것저것 생각할 겨를이 있겠냐? 그의 마음속에 세찬 폭풍우가 몰려오고 미친 듯이 사나운 감정이 그를 점령하는 것, 이것이야말로 리스트의 작품이 표현하고자 하는 것이다!

내 생각에 그 여학생은 자기가 왜 이 곡을 연주해야 하는지에 대해 단 한 번도 생각해 본 적이 없는 것 같았어. 그녀는 이 곡을 단순한 연습곡으로, 그저 기술을 과시하는 도구로만 여겼지. 피아노 연주는 바로 기술을 훈련하고 기술을 보여 주는 것이다. 타이완에서 음악을 배운 많은 사람은 이런 기술적인 각도에서 음악을 바라본다.

우리는 저번에 신동이라 불리는, 초등학교도 졸업하기 전에 미국에 가서 피아노를 배운 아이의 연주를 들은 적이 있지. 그 아이는 쇼팽의 24개 전주곡을 연주했는데 처음부터 끝까지 바보 같은 웃음으로 얼버무리면서 각자의 곡이 가지고 있는 서로 다른 감정을 전혀 담아내지 않았어. 오직 즐겁고 기쁘게 자기가 이 곡들을 연주할 수 있단 걸 뽐내는 일이 가장 중요하다는 듯이 말이야. 그뿐이었지.

본디 음악이란 자기의 경험을 넓히는 중요한 경로란다. 리스트의 곡을 통해서 우리는 인간 내면의 가장 맹렬한 열정을 접할 수가 있지. 그리고 쇼팽의 곡을 통해 가장 빠르고 복잡한 감정의 변화를 경험할 수 있어. 이를 통해 우리의 삶이 풍부해지고, 우리의 감정도 민감해지는 거야. 하지만 타이완에서 피아노를 배운 사람 중에서 많은 사람이 음악이 알려주는 진정한 삶의 중심에는 한 번도 들어가 보지 못했단다. 그들은 오직 남들을 위해 연주하는 법만 배웠을 뿐 자신을 위해 연주하고 자신과 음악의 관계를 정립하는 일이 천 배는 더 중요하단 사실을 모르고 있지. 이게 얼마나 큰 손실이고 낭비니!

네 생애 최초의 피아노 독주회 라이브 CD.
너는 네 얼굴이 안 보이는 사진을 표지로 골랐어.

"내 처량한 노래는 약이라오"

　　나는 위광중(余光中, 타이완의 대표적인 시인-역자 주) 선생님의 여든 살 생신을 축하하는 자리에 참석했단다. 그곳에서 인정양(殷正洋)이 밴드와 함께 노래를 세 곡 불렀는데, 이 노래들은 전부 위광중 선생님의 시를 각색한 것이었어. 『회선곡(回旋曲)』과 『민요가수(民歌手)』는 양셴(样弦)이 작곡한 곡이었고, 『향수사운(乡愁四韵)』은 뤄따요우(罗大佑)의 버전이었지. 인정양은 요즘 다시 『민요가수』를 연습하고 있다고 말했어. 그가 "작은 객잔의 문을 열고 / 나는 새로운 여명 속으로 들어갔다오. / 그 여명은 마치 『시경(詩經)』의 향기 같았다오."까지 불렀을 때 그의 눈에서는 눈물이 떨어질 것만 같았어. 그는 요즘 아이들이 아직도 『시경(詩經)』의 향기를 알겠냐며 서글퍼했지.

아빠도 인정양의 노래를 듣다가 그 부분에서 울컥했단다. 만감이 교차했거든. 아빠는 음악에 대한 사람의 기억이 이렇게 놀랍다는 사실에 감동했단다. 그렇게 오래된 노래인데도 아빠는 아직도 처음부터 끝까지 한 글자도 빠짐없이 속으로 따라 부를 수 있었거든. 아빠는 열 살 무렵 이 노래를 들으면서 느꼈던 감정이 떠올랐어.

『민요가수』는 내 어린 시절의 희망과 꼭 맞닿아 있단다. 시 속의 '민요가수'는 자기가 나고 자란 땅에서 생명과 영감을 얻지. 그는 가는 길마다 노래를 부르는데, 그가 부르는 노래 속 새로운 세상이 그 시대가 가지고 있던 병을 치료해 주었단다.

"내 처량한 노래는 약이라오. / 얼마나 많은 상처에 발랐는지."

위광중 선생님은 밥 딜런이나 조안 바에즈 같은 미국의 60년대 민요가수들에게 자극을 받으셨어. 이 가수들은 자기들의 아름다운 노래로 베트남 전쟁과 젊은이들의 참전, 경직된 규범과 신념에 반대했단다. 그들은 미국 민요에서 수많은 음악적 요소를 찾아내고 미국 음악의 전통을 다시 세웠어. 한편 그 당시 타이완에서는 여전히 '횡적이식(橫的移植)'에서 온 '초현실주의'의 난해한 시풍이 주류를 이루고 있었지. 위광중 선생님은 '시로 이상을 펼친다.'는 생각을 하셨어. 선생님은 자기 자신을 땅과 국민들 곁에 가까이 있는 '민요가수'로 개조하는 동시에 시를 변화시키고 사회를 변화시키고자 했지. 그리고 사람들이 『시경』의 향기와 참신

함을 다시 알게 해주었단다.

열 살 무렵의 아빠는 그렇게 복잡하고 심오한 뜻은 당연히 이해하지 못했어. 하지만 이 시를 통해서 가장 소중한 인생의 꿈을 찾을 수 있었지. 길을 걸으며 노래를 부르는 자유로움 말이야. 자기가 정말로 좋아하고 신뢰하는 노래를 자기 자신을 위해 부르는 거지. 자기 자신을 위해 부르는 노래이기 때문에 다른 사람들까지 감동시킬 수 있고, 그들도 이리 와서 내가 믿는 걸 함께 믿자고 말할 수 있는 거야.

"내 처량한 노래는 약이라오. / 얼마나 많은 상처에 발랐는지." 이 가사를 들을 때면 언제나 아빠는 마치 온몸으로 상쾌한 바람을 맞는 듯한 느낌을 받는단다. 반대로 일상생활 속에서 필연적으로 겪게 되는 초조함과 무더움도 느끼게 되지.

아빠는 깨달았어. 인생의 진정한 상쾌함은 탁 트인 자유에서, 세속의 자질구레한 걱정에 속박당하지 않는 태도에서 나온다는 걸 말이야.

30년 전, 아빠는 학교 가는 길에 홀로 『민요가수』를 불렀단다. 책가방 끈을 기타의 지판이라고 상상하면서 이 노래의 코드를 반복해서 연습했지. 그러다 보면 매일 아침부터 저녁까지 끊임없이 이어지는 시험과 점수가 자연스럽게 내 의식에서 멀어져 갔단다. 생명과 삶에 대해 상상하고 이해하면서 아빠는 더 이상 시험이나 점수에 연연하지 않게 됐어.

아빠는 머리와 마음을 비우고 아빠가 진정으로 사랑하는 새로운 세계를 찾아서 떠났어. 그것을 찾을 수 있을지, 어떤 새로운 세계로 들어가게 될지는 알 수 없었지만, 그래도 아빠는 그 세계가 분명히 넓고, 상쾌하고, 향기롭고, 편안한, 꿈과 이상이 있는 곳이란 것만은 확신할 수 있었단다.

자신의 노래를 부르면서 이 세계를 바꾸고 싶다는 꿈을 꾸는 것, 이것이 바로 아빠가 어린 시절에 얻은 가장 중요한 깨달음이야. 아빠는 너 역시 이 멋진 인생의 선물을 받을 수 있기를 바란다.

의심하며 모색하는 과정

지금 네 나이였을 때 아빠의 머릿속은 항상 여러 가지 이상한 생각과 질문들로 가득했단다. 그 대부분은 아빠가 일부러 생각해낸 것이 아니라 난데없이 자연스럽게 머릿속에 떠오르게 된 것이었지.

아빠는 아직도 또렷하게 기억해. 어느 날 저녁, 아빠는 아무리 애를 써도 잠을 잘 수가 없었어. 아빠는 머릿속으로 글자를 몇 개 쓰다가 가장 간단한 '왕(王)' 자를 쓰게 됐단다. 그런데 이상하게도 상상 속의 그 '왕' 자의 맨 아래쪽 가로획이 무슨 수를 써도 중간의 세로획과 정확히 맞아떨어지지 않는 거야. 아빠는 머릿속으로 '왕' 자의 세로획이 아래로 삐져나오는 걸 보았어. 아빠는 가로획을 지우고 좀 더 아래로 옮기기로 했지. 이렇게 하면 중간의 세로획 끝부분과 연결할 수 있을 테니까!

그런데 더 이상한 일이 벌어졌단다. 상상 속의 그 세로획이 가로획을 따라 아래쪽으로 이동하더니 길어진 거야. 그래서 또 가로획 밖으로 삐져나오고 말았지.

내가 아무리 애를 써도 머릿속의 '왕' 자는 깔끔하게 마무리되지 않았어. 가운데의 그 세로획은 언제나 가로획 밖으로 나와 있었지. 딱 그만큼 삐져나와 있었어. 상상 속의 '왕' 자는 점점 더 길어졌지만 아무리 길어져도 가운데의 그 세로획은 얌전히 가로획 안에 갇혀 있으려고 하지 않았어. 아빠는 생각했지. 만약 가로획을 아주아주 멀리 그리면 어떻게 될까? 하지만 아무리 멀리 그려도 세로획은 여전히 딱 그만큼 삐져나왔단다. 해결할 수 있는 방법이 전혀 없었지.

하룻밤 내내 이런 생각을 하며 잠을 이루지 못했으니 다음날 교실에서는 계속해서 꾸벅꾸벅 졸 수밖에 없었지.

몇 년이 지난 후에야 아빠는 깨달았어.

그때 아빠는 처음으로 '무한'을 접하고 공간이 무한하단 사실을 이해하게 된 거야. 공간의 끝이 어디에 있는지는 당연히 알 수 없으니까 결국 잠을 잘 수도 없었던 거야.

몇 년 후에 아빠는 왕원싱(王文兴)이 쓴 아주 짧은 단편소설을 한 편 읽게 되었단다. 어떤 아이가 혼자서 재미나게 내년 달력을 그리고 있었어. 아이는 내년 달력을 다 그렸는데도 더 그리고 싫었어. 그래서 내후년 달력을 그리기 시작했단다. 이런 식으로 아이는 계속해서 그려 나갔어. 한참을 그리다 정신을 차려 보니까, 세상에! 자기가 거의 백년치의 달력을 그린 거야. 다시 말해서, 그 아이가 지금 그리고 있는 날짜가 되면 그 아이는 분명 이미 죽었을 테지! 아이는 이 사실을 깨닫고 그만 큰 소리로 울음을 터뜨렸단다.

아빠는 이 소설을 읽으며 크게 감동했어. 왜냐하면 소설 속의 그 아이는 예전의 아빠와 마찬가지로 무방비 상태에서 시간의 '무한'함을 접했거든. 그리고 무한한 시간과 대조되는 자신의 유한한 생명이 너무나 서글펐던 거야.

어렸을 적에 배웠던 것들의 대부분을 잊어버렸지만, 오히려 배우지 않았던 것, 그러니까 누구도 답을 주지 않았던 경험들은 오랫동안 남아서 잊히지 않는단다. 아빠는 '무한'을 우선 경험하고 체험했어. 그리고 '무한'이란 개념이 가져오는 당혹감도 맛보았지. 그래서 그 후에 사람들이 어떻게 '무한'을 해석하는지 들었을 때 쉽게 '무한'을 이해할 수 있었어.

아빠는 물리나 수학시간에 '무한'과 관계된 문제가 나왔을 때 어렵다고 느껴 본 적이 없단다. 단지 머릿속으로 영원히 딱 맞아떨어지지 않는 '왕' 자나 왕원싱의 소설 속에 나오는 엉엉 우는 아이를 생각하기만 하면 됐지 '무한'은 여실히 그곳에 있었어.

요즘 너는 아빠가 너의 질문에 제대로 대답하지 않는다며 불평하곤 하지. 아빠한테 많은 걸 물어봐도 명확한 대답을 얻지 못하니 말이야. 그건 아빠가 너의 질문을 완전히 이해할 수 없기 때문이기도 하지만, 또 다른 이유는 네가 직접 당혹감을 맛보고 당혹감에 빠질 수 있는 기회를 빼앗고 싶지 않기 때문이야. 다른 사람이 주는 답은 편리할 수는 있지만 네 스스로 의심하고 모색하는 과정을 빼앗는단다. 스스로 의심하며 모색하는 과정이야말로 네가 나중에 어떤 사람이 될지 결정하는 데 정답보다 백 배 천 배는 더 도움이 될 테니까!

5시 6분 열차를 타고
5시 열차를 기다리다

가오슝(高雄)에서 돌아올 때 아빠는 고속열차를 탔어. 아빠는 차표의 숫자와 대조하면서 아빠의 자리를 찾아갔지. 이런, 그곳에는 젊은 부부가 앉아 있었어. 아빠는 그 사람들에게 내 차표를 보여 줬어. 그들도 주머니에서 자신들의 차표를 꺼내어 보여 주는데 객실도 맞고 자리도 틀림없었지. 그런데 다시 자세히 살펴보니까 그 사람들이 산 건 5시에 출발하는 표였고, 아빠가 산 건 5시 6분에 출발하는 표였단다.

뒷줄에 앉은 승객이 친절하게 알려주었어.

"이건 5시 6분에 출발하는 열차예요. 틀림없어요!"

젊은 부부는 얼른 사과를 하더니 일어나서 밖으로 나가려고 했어. 아빠는 방금 플랫폼을 지나쳐 온 참이라 5시 열차가 제2플랫

폼에 정차한 걸 알고 있었지. 거기까지 가려면 계단을 올라갔다가 다시 내려가야 해서 그 부부가 그쪽에 도착할 즈음이면 5시 열차는 분명히 출발하고 없을 거야. 그래서 아빠는 그들에게 물어봤어.

"어디까지 가세요?"

알고 보니 그들도 타이베이로 가는 길이었어. 아빠는 그 부부에게, 지금 가봤자 5시 열차는 탈 수 없을 테니 뒤쪽의 자유석 객실로 바꾸는 게 좋겠다고 말해 주었지. 그리고 한 마디 덧붙였어.

"이렇게 하면 오히려 더 빨리 타이베이에 도착할 수 있어요!"

"더 빨리 타이베이에 도착한다고요?"

젊은 남편은 아빠의 말을 이해하지 못하고 의심스럽다는 듯이 물어봤어.

그래서 아빠는 설명해 주는 수밖에 없었지.

"5시 열차는 가는 길에 멈추는 역이 많아서 7시나 돼야 타이베이에 도착해요. 5시 6분 열차는 타이중(台中)하고 반챠오(板桥)에만 정차하기 때문에 6시 42분이면 도착하죠."

그래서 타이베이로 가는 사람들은 대부분 5시 6분 열차를 타지 5시 열차는 타지 않는단다.

아빠는 덧붙여 설명했어. 나는 부부가 다른 곳에 가려고 5시 차표를 산 줄 알고 다른 아이디어도 떠올렸었다고 말이야. 만약에 신주(新竹)나 타오위안(桃园)처럼 타이중 북쪽에 있는 도시로 가는 거라면, 그 사람들은 마음 편히 이 열차를 타고 가다가 타이중에서 하차하여 5시에 출발한 그 열차를 기다렸다가 갈아탈 수 있을 거라고 말이지.

"5시 6분 열차를 타고 5시 열차를 기다린다."

젊은 남편은 의미심장하게 이런 말을 했어. 그는 조금 부끄러운 듯이 설명했지. 두 사람은 처음으로 고속열차를 타고 타이베이에 가는 길인데, 표를 살 때 딱히 신경 쓰지 않고 당연히 더 이른 시간의 열차표를 샀다고 말이야.

그들은 자유석 객실로 걸어갔고 아빠는 아빠 자리에 편히 앉았어. 열차가 천천히 움직이기 시작했지. 창밖으로 멀어지는 플랫폼을 바라보는데 아까 젊은 남편이 했던 그 말이 계속해서 아빠 머릿속에서 맴돌았단다.

'5시 6분 열차를 타고 5시 열차를 기다린다.'

갑자기 남들은 엉뚱하다고 생각할 수 있는 이 말이 인생의 은유로 변했단다. 일찍 출발한다고 해서 반드시 일찍 도착하는 건 아니야. 고속철도처럼 커브나 샛길이 전혀 없어 보이는 교통수단조차 서로 다른 목적에 따라 앞뒤로 시간차가 존재하기 때문에 자신의 목적지를 생각해서 서로 다른 열차를 선택해야 해. 먼저 출발한다고 해서 반드시 먼저 도착하는 게 아닌 데다 빨리 달리는 열차로는 절대 갈 수 없는 곳들도 있으니까.

인생에는 더 많은 가능성이 있고 시간을 측정하는 잣대도 더 다양하단다. 아빠는 가장 먼저 출발하고 가장 빨리 달리는 것만이 옳다는 단순하고 어설픈 생각을 가장 싫어한단다. 제대로 준비되지 않은 상태에서 급하게 뛰다 보면 오히려 애꿎은 시간만 더 많이 낭비하게 되지.

그보다 더 최악은 경솔하게 목표를 하나 세워 놓고 죽을힘을 다해 그곳만 바라보고 뛰는 거야. 그러다 보면 우리는 다른 목적지나 노선을 살펴볼 기회를 놓치게 되고 여행 과정을 제대로 체험할 수 없게 된단다. 다시 말해서 우리가 갈 수 있는, 꼭 가야 하는 인생의 정류장을 지워 버리고 자기 자신을 좁고 빈곤한 곳으로 밀어 넣는 거야. 그래서야 빨리 달리는 게 무슨 의미가 있겠니?

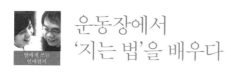

운동장에서
'지는 법'을 배우다

    아빠의 초등학교 시절, 학교는 마치 언제나 시합 중인 것 같았어. 정리정돈과 질서는 반드시 서로 겨뤄야 하는 종목이었고, 그 다음엔 작문·발표·그림처럼 학급에서 시합에 나갈 대표를 뽑는 일이 있었지. 그리고 학급 전체가 함께 힘을 합쳐 연습해서 참가해야 하는 시합도 있었어. 예를 들면, 학급 밴드 시합이라든지, 피구나 계주(繼走) 같은 각종 운동경기 말이야.

    우리 반은 항상 학급 밴드 시합에 강했단다. 우리 반에는 세 개의 바이올린과 두 개의 하모니카, 그리고 충분한 실로폰과 철금이 선율을 돋보이게 해서 귀신소리를 내는 수많은 플라스틱 리코더를 압도할 수 있었거든. 그래서 우리 반은 거의 매년 1등을 했지. 시간이 흘러 돌아보니 학급 밴드 시합을 하던 모습은 기억이 나지 않아. 무슨 곡을 연주했는지, 리허설은 어떻게 했는지, 무대에는 어떻게 올라가고 또 무대에서 어떻게 내려왔는지 전부 잊어버렸어.

이와는 반대로, 4학년 때 있었던 피구 시합은 아무리 해도 잊을 수가 없단다. 4학년이 되면서 담임선생님이 바뀌었는데, 그분이 그 전까지 맡았던 반은 피구 시합에서 2년 연속 전교 우승을 했어. 그래서 그 선생님은 '피구 전문가'로 불렸지. 자연히 우리 반의 시합도 굉장한 주목을 받게 되었어. 시합 2개월 전부터 우선은 체육시간, 그 다음은 자습시간, 심지어 점심시간에도 우리는 운동장으로 끌려가서 연습을 했단다.

다른 반이 피구장을 사용하고 있으면 선생님은 두 말 않고 내게 자료실에 가서 석회로 선을 그리는 도구를 가져다가 운동장 중앙에 임시 피구장을 그리라고 하셨어.

아빠는 금세 아주 곧은 직선을 그릴 줄 알게 되었단다. 게다가 재빨리 적합한 크기의 장소를 가늠할 수 있게 되었지. 아빠가 선을 그리는 동안 다른 친구들은 이미 옆에서 공을 던지고 받고 피하는 연습을 시작했어.

친구들은 아빠를 기다리지 않았어. 아빠를 기다릴 필요가 없었거든. 왜냐하면 우리 반에서 아빠 혼자만 시합에 나가지 않았으니까. 학교 경기장은 너무 많은데 체육선생님은 부족했기 때문에 각 반에서 학생 한 명을 심판으로 내보내야 했거든. 아빠가 바로 그 심판이었어. 반 친구들이 편을 갈라 연습할 때 아빠는 호루라기를 불면서 겸사겸사 심판 역할도 연습했지.

모두 열심히 연습했어. 무릎이 까지는 친구가 매일 있었고 발목을 삐는 친구도 있었지. 하도 연습을 많이 해서 나중에는 가장 겁이 많았던 여학생까지 비명을 지르지 않게 됐어. 덕분에 우리는 침착하게 공의 방향을 주시할 수 있게 됐지. 선생님은 우리 학년에서 우리 반의 상대가 될 만한 반은 8반밖에 없다고 말씀하셨어. 8반의 담임선생님은 체육부장이었거든.

경기 일정 제비뽑기에서 우리 반은 준결승전에서 하필이면 8반과 겨루게 되었단다. 그건 정말 손에 땀을 쥐는 대결이었지. 피구장 주변은 학교 선생님과 학생들로 꽉 차 있었어.

그 경기는 마치 오후 내내 진행된 것 같았단다. 우리는 여러 차례 8반을 이길 뻔했지만 결국엔 그들의 완강한 역전에 패하고 말았어.

시합 종료를 알리는 호루라기 소리가 들리자 반에서 가장 용맹했던 공격수, 가장 덩치가 큰 남학생이 가장 먼저 울음을 터뜨렸어. 경기장은 울음바다가 되었지. 어떤 친구는 서서 울고, 어떤 친구는 쪼그려 앉아서 울고, 여학생들은 서로 부둥켜안고 울었어. 아빠도 경기장 밖에 서서 울었단다. 경기장 안에 있는 친구들보다 더 서럽고 슬프게 울었지.

지금 생각해도 친구들과 함께 경기장 안에서 실패를 마주할 기회가 없었던 게 너무나 아쉽단다. 피땀을 흘리며 열심히 노력했지만 결과적으로는 다 같이 패배한 그 느낌을 아빠는 공유할 수 없었어. 당장은 충격을 받고 좌절하겠지만 나중에 뒤돌아보면 인생의 기억 속에 영원히 남게 될 그 순간을 말이야.

어떤 때는 지는 게 이기는 것보다 더 중요한단다. 왜냐하면 괴로움이 즐거움보다 더 길고 오래 남아 우리에게 더 많은 것을 가르쳐주거든. 특히, 최선을 다해 노력했는데도 패배한 괴로움은 오랫동안 사라지지 않아. 그 패배는 우리가 도대체 무엇을 괴로워하는지 이해하게 해주고, 또 우리가 스스로에게 질문을 던지도록 도와준단다.

'도대체 왜 이렇게 괴로운 거지?'

너희가 시끌벅적하게 운동회를 하는 모습을 보면서 아빠는 선생님들이 너희를 보호하려고 애쓰는 마음을 느낄 수 있었어. 이기고 지는 걸 떠나서 다함께 즐거운 시간을 보낼 수 있도록 배려해 주었지. 하지만 아빠는 나도 모르게 이런 보호를 받지 못했던 아빠의 어린 시절이 그리워졌단다. 아빠는 어렸을 때 '지는 법'을 충분히 배우면서 '지는 법'이 꼭 나쁜 일만은 아니라는 걸 깨달았거든. 어떤 때는 '지는 법'이 오히려 '이기는 것'보다 우리에게 더 깊은 인생의 의미를 남겨준단다.

두려움 없이 세상을
바라보는 법을 배우다

우리와 가깝게 지내는 친구가 여름에 온 가족과 함께 터키로 3
주 동안 여행을 다녀왔어. 여행 기간이 그렇게 기니까 당연히 여
행사의 단체여행은 찾을 수 없었고, 일정 하나하나를 직접 상세
히 계획해야 했지.

친구 가족이 터키에서 찍어 온 사진들을 구경하는데 그 중 한
장이 유독 눈에 띄었단다. 옅은 안개가 낀 새벽, 엄마가 아들 둘
을 데리고 텅 빈 도로 위에 서 있는 사진이었는데 세 사람의 표정
이 아주 복잡 미묘했어.

아빠는 이 사진이 여행한 지 3주째 되는 날에 찍은 걸 거라고
생각했단다. 여행의 피로가 느껴지긴 하지만 신기하고 색다른 수
많은 풍경을 보며 견문을 넓힌 만족감이 있었기 때문에 아마 복

잡한 감정이었을 거라고 생각했지.

그런데 내 추측이 틀렸어. 그건 그들이 터키에 도착한 지 이틀째 되는 날에 찍은 사진이었단다. 첫째 날 비행기가 이스탄불에 착륙하자마자 친구 가족은 얼른 장거리 버스를 타고 밤새도록 한 오래된 도시로 향했어. 그런데 날이 밝기도 전에 버스기사가 그들을 깨워서는 목적지에 도착했다며 버스에서 내리라고 말했지.

친구 가족은 무거운 짐을 들고 날이 밝을 때까지 걸었는데도 그 도시에 도착하지 못했어. 피로와 긴장, 호기심이 뒤섞였던 게 표정이 복잡했던 진짜 이유였지.

아빠는 그들의 모험정신에 감탄했단다. 그리고 여행을 하면서 이렇게 특이한 경험을 한 게 부러웠어. 하지만 아빠는 너를 데리고 그런 여행을 갈 용기는 없는 것 같구나.

아빠는 솔직히 말했지.

"애 데리고 여행할 땐 그래도 일본이 좋아."

왜 일본이냐고? 왜냐하면 일본에서는 기차가 언제 오는지도 알 수 있고, 기차가 반드시 올 거란 사실도 알 수 있거든. 그리고 버스가 어딜 가는지도 알 수 있고, 버스가 반드시 그곳에 간다는 사실도 알 수 있지. 일본에서 길을 걸을 땐 아무리 시골구석의 작은 마을이라도 정성을 다해 꾸며 놓은 아름다운 풍경을 볼 수 있어. 비록 낯설긴 하지만 예상치 못한 사람이나 사건이 갑자기 튀어나와서 놀라게 할까 봐 걱정할 필요도 없지.

이런 일본은 자극적이진 않지만 안심할 수 있어. 낯선 환경에서 안심할 수 있다는 건 아빠가 소중하게 여기는 훌륭한 문화적 성과란다.

인류 역사상 대부분의 시간과 대부분의 사회에서 낯설다는 건 위험을 의미했어. 사람은 자기가 속해 있는 익숙한 작은 공간 안에서만 안정감을 느끼고 낯선 사물에 대해서는 본능적으로 적대적인 방어 태세를 갖추게 되거든. 길고 긴 문명의 발전 덕분에 오늘날 우리는 낯섦과 위험을 분리할 수 있게 되었으니 얼마나 다행이니. 우리는 안심하고 일본 같은 곳을 여행할 수 있게 되었어. 아빠는 나중에 너도 이런 문명의 즐거움을 느끼고 소중히 여겼으면 좋겠어. 그리고 네가 이런 문명의 성과를 계승하고 확대할 수 있는 새로운 에너지가 되기를 바란단다.

너와 함께 하는 시간 동안 아빠는 네게 자신의 일시적인 감정과 충동 때문에 다른 사람을 놀라게 해서는 안 된다는 것과 다른 사람들이 안정감을 느끼는 사람이 되도록 노력해야 한다는 걸 가르쳐주고 싶어. 네가 네 자신을 보호하는 한편 편안한 마음으로 낯선 장소와 낯선 사물을 접하고, 끊임없이 낯선 것들을 받아들이고 그것들을 익숙한 것으로 바꿔서 자신의 인생을 풍부하게 만들었으면 좋겠어.

어쩌면 언젠가 우리도 문명에 대한 강한 신뢰로 무장하고 세계 구석구석을 돌아다니면서 두려움도 머뭇거림도 없이 처음부터 끝까지 흥미진진하게 낯선 것을 관찰하고 체험하며 받아들일 수 있는 날이 올지도 모르지.

큰눈이 흩날리던 일본 호쿠리쿠 여행.
너는 뒤에 있는 엄마아빠에게 편안히 몸을 기댔어.

추상적인 이론을
억지로 암기하지 마라

어렸을 때 아빠는 정식으로 음악이론을 배워 본 적이 없단다. 심지어 음악이론이 독립된 학문인지조차 몰랐지.

고등학교 음악시간에 선생님이 아빠에게 무슨 질문을 하셨는데 아빠는 자리에서 작은 소리로 정답을 중얼거렸어. 그때 선생님이 이렇게 말씀하셨지.

"반에 음악이론을 배운 학생이 있구나!"

아빠의 음악이론은 바이올린 선생님이 '그때그때' 가르쳐주신 거란다. 선생님은 악곡 연습에 대해 엄격하고 높은 기준을 갖고 계셨어. 수업이 끝나기 전에 연습할 진도를 알려주시면 아빠는 집에 가서 우선 곡의 그 부분을 외울 때까지 반복해서 연습해야 했지. 다음번에 선생님 댁에 가면 먼저 악보를 외워서 연주해야 하는데 선생님은 항상 무뚝뚝한 표정에 웃음기 없이 차갑게 말씀하셨어.

"악보를 펴 보렴."

악보를 펴면, 선생님은 악보에 뭐라고 쓰였는지 하나씩 하나씩 물어보셨단다. 조표와 박자표, 그리고 강박약박에서 각각의 이음줄까지, 선생님은 아빠가 모든 발상기호의 의미를 이해할 때까지 질문을 계속하셨어. 그러고 나면 아빠는 다시 악보를 보면서 연주했는데, 선생님은 내가 악보에 쓰인 대로 하고 있는지 확인하셨지.

이런 과정을 통해서 아빠는 각종 박자와 장단조를 이해하게 되었단다. 나중에는 곡이 복잡해지면서 화성에도 주의를 기울이게 되었어. 우선 협화음과 불협화음을 배웠고, 그 다음엔 각종 화음과 그 의미를 배웠지. 어떤 게 정격종지이고 어떤 게 변격종지인지, 그리고 어떤 게 반종지인지를 이해했어.

아빠는 화음의 이름을 암기한 적은 없지만 각각의 작곡가가 배치한 화음 순서에는 규칙이 있다는 사실을 차츰 이해하게 되었단다. 그리고 연주자는 반드시 화성의 순서에 따라 음악을 변화시켜야만 제대로 된 소리를 만들어낼 수 있다는 것도 알게 되었지. 그때 아빠는 이런 걸 '화성진행'이라고 부른다는 건 전혀 몰랐어.

아빠는 완전한 음악이론을 배우지는 못했단다. 아빠가 배운 건 사실 곡을 연주할 때 필요한 도구였지. 어떤 곡을 이해하거나 연주하는 데 어려움이 있으면 선생님은 그때그때 어려움을 해결할 수 있는 도구를 알려주셨어. 차츰차츰 도구와 도구 사이에 연결고리가 생기면서 아빠는 선생님이 가르쳐주시기 전에도 여러 가지 해결 방법을 생각해낼 수 있게 되었지.

네가 학교에서 음악이론을 배우면서 금세 아빠가 도와줄 수 없는 내용이 나타났어. 학교에서는 연관된 내용을 한꺼번에 모조리 다 알려주는 방법으로 가르치고 있지. 음부기호, 고음저음중음 외에도 무슨 세컨드 메조소프라노 같은 것까지 다 같이 외우라고 가르치니까. 흠, 아빠는 평생 한 번도 세컨드 메조소프라노 악보를 볼 기회가 없었어! 아빠는 악보를 보면서 음악을 듣는데도 너희의 음악이론 교과서에 나온 복잡한 섞임박자는 평생 단한 번도 본 적이 없단다. 그 박자들이 곡 안에서 언제 어떻게 쓰이는지를 모르기 때문에 네 숙제의 정답도 알 수가 없어.

네가 모르는 걸 아빠도 몰라서 미안해. 그런데 아빠가 모르는 건 상관없지만, 너희가 이렇게 곡과 음악에서 동떨어진 추상적인 음악이론을 정말로 받아들일 수 있을지가 걱정이구나. 게다가 너희가 지금 이런 것들을 외운다고 해도, 앞으로 10년 동안 시험을 제외하면 음악을 감상하고 연주하면서 이런 섞임박자 지식을 쓸일이 없을 텐데 이런 공부가 의미가 있을까?

음악이든 다른 학문이든 아빠는 네가 억지로 외우는 건 바라지 않는단다. 아빠는 여전히 삶의 경험을 통해 이해한 지식만이 진정으로 너희의 것이 된다고 믿어. 억지로 암기하면 일시적으로 약간의 점수는 얻을 수 있겠지. 하지만 암기에 기대지 않고 음악 법칙을 직접 귀로 듣는 경험은 평생 너의 곁에서 몇 십 년이 지나도 네가 아름다운 음악을 깊이 느낄 수 있도록 도와준단다.

스포츠 정신

　일본 프로야구 사상 최다 홈런 기록 보유자인 왕전즈(王貞治)가 야구에 대해 말한 기사를 신문에서 읽었단다. 그는 약자를 배려해야 한다는 말을 하면서 타이완 푸싱(复兴) 소년 야구 팀이 미국 윌리엄즈포트에서 벌였던 경기를 언급했어. 그는 큰 점수로 앞서고 있는데도 계속 번트나 도루로 점수를 내는 건 상대방을 배려하지 않는 행위라고 말했단다.

　야구경기는 선수들이 하는 것이지만 전략은 어른과 선생님, 감독이 정한 것이지. 기자가 푸싱 소년 야구단의 감독에게 질문했을 때 감독은 예전 경기에서 열 몇 점을 앞서다가 역전패당한 경험이 있기 때문에 마음을 놓을 수 없었다고 대답했어. 그 말은 "승리를 확정짓기 위해서는 몇 점을 앞서도 충분하지 않습니다!"라는 뜻이었지.

여기까지 읽고 나서 아빠는 서글퍼졌단다. 심지어 조금 괴롭기까지 했어. 아빠는 왕전즈가 무슨 말을 하는 건지 알았지만 푸싱 소년 야구팀의 감독은 전혀 이해하지 못했거든. 그 감독은 오로지 이기고 지는 것만을 생각하고 있었어. 그는 경기에서 지지 않기 위해서는 당연히 이렇게 해야 한다고 생각했단다. 그러나 왕전즈가 마음에 둔 건 바로 '야구에서 이기고 지는 것만이 전부인가?'라는 문제였지. 이미 승리가 눈앞에 들어왔는데도 배려나 선의, 상대방에 대한 존중 같은 다른 가치를 추구할 여유를 좀 가지면 안 되는 걸까?

시합에는 승패가 있게 마련이지. 그래서 일단 시합에 참가하게 되면 승패를 신경 쓰지 않을 수는 없어. 하지만 이기고 지는 것만이 전부는 아니야. 승패를 전부로 본다면 시합의 과정은 단순히 승패로 가는 수단에 불과하고 그 자체로서의 가치는 없는 거겠지. 일단 지면 시합에 참가한 의미조차 사라지게 되니 이게 얼마나 낭비가 많고 무서운 인생이니!

예전에 우리가 '스포츠 정신'을 배우면서 가장 많이 외쳤던 구호는 '이겼다고 교만하지 않고 졌다고 낙심하지 않는다!'였어. 그런데 이 구호 역시 '승패'에 초점이 맞춰져 있지. 아빠는 '스포츠 정신'의 진정한 핵심은 사실 시합 과정을 목적으로 삼고 승패는 단지 이 목적의 부산물로 생각하는 태도라고 믿는단다.

우리는 자신을 단련하고 다른 사람의 실력이 가져다주는 자극을 즐기기 위해서 시합에 참가하는 거야. 시합 과정에서 자기 자신을 명확하고 뚜렷하게 드러내는 거지.

'알고 보니 나는 이런 걸 할 수 있구나.'

'알고 보니 나는 이런 걸 하기에는 실력이나 인내심, 체력이 부족하구나.'

'알고 보니 나는 이런 압박감을 견딜 수 있구나.'

'알고 보니 나는 이런 감정에는 잘 대처하지 못하는구나.'

이런 식으로 우리는 시합이라는 특수한 환경에서 더욱 정확하고 구체적으로 자기 자신을 이해하는 거야. 뿐만 아니라, 우리는 이를 통해서 평소 자신의 한계를 극복하고 또 다른 잠재력을 가진 자신을 발견할 수 있지.

그러려면 시합 중엔 당연히 평소보다 더 잘해야지 못 하면 안 되겠지? 만약 시합을 하면서 원래 하던 것조차 제대로 못 하게 된다면 뭐 하러 시합을 하겠니? 마찬가지로 시합이 우리를 평소보다 냉혹하고, 거칠고, 악랄하고, 저급한 사람으로 만들면서 우리가 원래 가지고 있던 동정심이나 다른 사람에 대한 존중과 선의 같은 고귀한 품성을 없앤다면 뭐 하러 시합을 하겠니?

'스포츠 정신'은 승패의 결과를 받아들이는 것뿐만 아니라 승패를 넘어서 스스로 시합을 통해 성장하려는 태도란다. 시합을 빌려 '더 나은 사람'이 되려는 가치와 신념이야말로 '스포츠 정신'

의 핵심인 거야!

적어도 아빠는 이렇게 믿는단다. 물론 아빠는 네가 성장 과정에서 크고 작은 다양한 시합에서 재능을 발휘할 수 있기를 바라지. 하지만 이건 '승리자'가 되기 위해서가 아니라 고귀한 품격을 지닌 '스포츠인'이 되기 위해서란다.

베토벤이 예전에 살았던 집에서.
너는 순간 아주 듬직하고 성숙해 보였어.

벌써는 게 자금성에
가는 것보다 낫다고?

너의 얼굴빛은 베이징의 자금성에서 점점 더 나빠졌어. 정오에 가까워지면서 기온이 상승한 이유도 있었고, 더 이상 지루함을 견딜 수 없게 된 이유도 있었지. 너는 자금성의 궁전들이 모두 다 똑같이 생겼다고, 궁전과 궁전 사이의 거리가 너무 멀어서 아무리 걸어도 도착할 수 없다고 생각했어.

아빠는 그때 네게 청나라 황제 재위 시절을 상상해 보라고 했지. 아직 동이 트기 전 타이허먼(太和门) 바깥 곳곳에 등불이 켜지기 시작하면 대신들이 잇달아 분주히 움직이고 마차는 입구 앞을 가득 메우지. 신분에 따라 어떤 사람은 저 멀리 마차에서 내려 걸어오고, 어떤 사람은 말을 타고 '자금성을 거닐고', 지위가 가장 높은 사람은 가마를 타고 타이허먼 앞까지 갈 수 있어. 어둠

속에서 대신들은 자기들의 자리로 가서 황제의 조회를 기다리지. 공간이 그렇게 큰 이유는 대신들이 그만큼 많았기 때문이란다. 조금 뒤쪽에 자리한 대신들은 황제의 그림자조차 보기 힘들었어. 사실 앞에 서 있다고 해도 황제가 무슨 말을 하는지 제대로 듣기는 힘들었지. 조회는 전적으로 의식에 불과했고 진짜 국정은 황제가 교지를 내리고 조회가 끝난 후에 양신디엔(养心殿)에서 이루어졌어.

한참을 얘기했는데도 너는 여전히 멍한 얼굴이었어. 아빠는 네가 그 장면을 이해하거나 상상할 수 없단 걸 잘 안단다. 네게 자금성은 여전히 아무런 스토리가 없는 장소니까.

베토벤의 생가에 갔을 때는 달랐어. 너와 엄마는 한참을 헤매고 나서야 그곳을 찾아냈지. 너는 베토벤의 생가에 들어가자마자, "베토벤이 이런 생활을 했었구나, 이런 곳에서 생활하면서 음악을 작곡했구나." 하면서 모든 물건에 관심을 보였어. 네가 연주했던 그의 초기 작품들까지 포함해서 말이야. 그리고 며칠 동안 너는 호기심을 갖고 아빠에게 물었어.

"베토벤의 집은 가난했어? 나중에는 돈이 좀 생겼어? 베토벤하고 왕공 귀족들의 관계는 어땠어?"

그리고 프랑크푸르트에 있는 괴테의 생가에 갔을 때도 그랬지. 너는 열심히 음성 가이드를 들으면서 방마다 들어가 모든 가구를 살펴봤어. 그리고 수시로 아빠에게 다가와서 네가 발견한 특별한 물건을 가리켰지. 그러고는 고개를 끄덕이며 말했어.

"괴테가 이런 곳에서 살았구나!"

그곳에는 네가 이해할 수 있는 스토리가 있었고 네가 상상할 수 있는 사람이 있었어. 하지만 보아하니 자금성에는 그게 없었던 것 같구나. 그래서 너는 걸을수록 피곤하고 기운이 빠졌던 거야.

우리는 타이베이로 돌아와서 차를 탔어. 아빠와 엄마는 앞좌석에서, "어떤 사장들은 직원들을 벌세우기도 한다."는 얘기를 했지. 그러자 너는 뒷좌석에서 웃으며 말했어.

"아, 나는 애들만 벌서는 줄 알았는데……."

그러고는 1분 정도 후에 문득 한 마디를 덧붙였어.

"근데 벌서는 것이 자금성 가는 것보단 나아."

자금성에 대한 지친 감정을 이런 방식으로 표현하다니 너무 오버한 것 아니니? 하지만 어떻게 보면 아예 말이 안 되는 것도 아니지. 명승지에 갔을 때 아무리 남들이 위대하고 대단하다고 생각하는 것이라도 그곳에 스토리가 없다면 상상하고 느낄 만한 내용도 없을 거야. 그러면 여행하면서 정신과 체력을 소비하는 일이 정말로 벌 받는 것처럼 느껴질 수도 있겠지.

아빠는 네가 자라면서 감응할 수 있는 이야기를 끊임없이 확장하고 늘려 나가기를 바란단다. 그래야만 네가 새로운 곳에 가서도 여행의 즐거움을 누릴 수 있을 테니까. 여행은 그저 가기만 하면 되는 게 아니야. 그곳에서 우리의 삶에 감동을 주는 이유를 찾아내야 하지. 그러지 않으면 여행은 즐거움이 될 수 없어. 교토에는 교토의 이야기가 있고, 파리에는 파리의 이야기가 있고, 뉴욕에는 뉴욕의 이야기가 있고, 베이징에는 물론 베이징의 이야기가 있단다.

아빠는 나중에 네가 이 모든 곳에서 네가 감동하고 감탄할 수 있는 스토리를 발견할 수 있을 정도로 너의 삶이 풍부해지길 바란단다. 어딜 가도 다시는 벌 받는 것처럼 괴로워하지 않도록 말이야.

배려와 개성 사이의 균형

베이징에 머무른 며칠 동안, 현지인들하고 말할 때, 특히 택시를 타고 기사님과 말할 때, 아빠는 자연스럽게 현지의 말투를 따라했어. 그렇게 하면 그 사람들하고 좀 더 쉽게 소통할 수 있을 것 같았거든. 너는 아빠가 흉내 낸 베이징 말투를 듣자마자 참지 못하고 불평했어.

"그렇게 말하지 마!"

어떤 때는 손발을 휘두르며 내 어깨를 때리기까지 했어. 그건 경고이자 항의였지.

이렇게 말하지 않으면 어떻게 말해야 하는데? 네가 그렇게 질색하는 걸 보니까 나도 모르게 너를 놀려주고 싶어졌단다. 아빠는 일부러 아주 과장되고 촌스러운 '타이완 표준어'로 네게 말했지. 너는 아빠의 말투를 듣고 크게 웃더니 좋아서 어쩔 줄을 몰랐어. 그 며칠 동안 너는 생각만 나면 아빠에게 이렇게 명령했지.

"타이완 표준어로 말해!"

아빠가 과장된 타이완 표준어로 말하면 너는 이미 몇 십 번이나 들었으면서도 어김없이 크게 웃음을 터뜨렸어. 네가 특히 마음에 들어 했던 건 아빠가 일부러 조심스럽게 목소리를 낮추고 이렇게 말하는 거였어.

"이렇게 타이완 표준어로 말하면 사람들이 무시한당께!"

호텔에서 아빠는 일찍 일어났어. 너와 엄마는 아직 자고 있었지. 창밖의 커다란 운동장에서는 사람들이 일찍이 집합해서 운동회 입장 행렬식을 연습하고 있었어. 가지런히 줄을 맞춘 사람들이 커다란 깃발을 들고 심판대를 지나가고 있었지. 아빠는 생각했단다. 도대체 너는 무엇 때문에 짜증을 내고 무엇 때문에 즐거워하는 걸까?

택시기사에게 말할 때의 베이징 말투는 아빠가 평소에 말하는 방식이 아니야. 하지만 익살맞은 강한 타이완 표준어도 내 평소 말투는 아니잖니? 둘 다 일부러 흉내를 낸 것인데, 너는 왜 어떤 건 그렇게 싫어하고, 또 어떤 건 그렇게 좋아하면서 몇 번이고 되풀이해 들으려고 하는 걸까?

아빠는 단순한 이유를 생각해냈단다. 너는 예민하게 알아챘던 거야. 온 거리가 베이징 말투로 가득 찬 환경 속에서 아빠의 변화는 아빠 자신이 외지인임을 감추고 스스로 그 배경 소리 안으로 들어가기 위해서였지.

어쩌면 너는 이런 행동 속에는 자신을 보호하려는 일종의 불안과 자신의 외지인 신분에 대한 불안이 들어 있단 사실을, 그리고 익숙한 말투로 현지인에게 잘 보이려는 의도가 있었다는 사실을 눈치 챘을지도 모르지.

너는 그게 싫었던 거야. 너는 남에게 잘 보이려고 자신의 모습을 지우는 걸 싫어하는 데다 남에게 잘 보이기 위해 하는 모든 인위적인 행동을 싫어하니까. 베이징에서 베이징 말투를 쓰는 것과 베이징에서 타이완 표준어를 쓰는 건 그 의미가 아주 달라. 하나는 자신을 감추는 것이고, 하나는 이질적인 면을 강조해서 주변과의 차이점을 부각시키는 것이니까.

아직 깊이 잠들어 있는 너를 바라보며 아빠는 마음이 뿌듯한 한편 염려스럽기도 했단다. 아빠가 뿌듯함을 느꼈던 건 이렇게 개성 강한 딸과 아침저녁으로 함께할 수 있어서였어. 너는 이미 내게 일부러 자신의 개성을 배반하지 말라고 알려줄 수 있을 정도로 자랐단다.

너는 앞으로 쉽사리 다수의 의견에 편향되지 않을 거야. 그리고 다른 사람들과 똑같은 개성 없는 사람이 되진 않을 테지. 그러나 아빠는 바로 이 점이 걱정스럽단다. 개성을 갖고 살아가려면 용기가 필요하고 또 지혜가 필요해. 다수의 의견에 따르지 않고 자신의 개성을 고집하는 건 용감하지 않으면 할 수 없는 일이야. 하지만 용기만 가지고는 부족하단다. 무작정 다른 사람과 똑같아지지 않으려고 무모하게 행동하다간 아차 하는 순간에 독단적이고 사나운 사람으로 변해서 동정심을 가지고 다른 사람을 배려하는 선량함을 잃어버리고 말아. 배려와 개성을 공존시켜 둘 다 네 인생의 빛으로 만들기 위해서는 지혜로운 선택이 필요하지.

두 사람 다 기상할 시간이 되었구나. 아빠는 몸을 구부려 너의 귀에 대고 타이완 표준어로 말했어.

"어서 일어나랑께! 만리장성 가야 한당께!"

독립적 판단이냐,
모범답안이냐?

20년 전, 당연히 너도 없고 아직 네 엄마도 만나기 전에 아빠는 이미 언젠가 이런 상황이 닥칠 줄 알고 있었어. 내 아이를 바라보며 당황스러워할 날이 올 거라고 말이야.

20년 전, 아빠는 한 잡지에서 커치화(柯旗化) 부인의 인터뷰기사를 읽었어. 커치화가 쓴 『신 영문법(新英文法)』은 아빠가 중학교 때 맨 처음 읽었던 영어 문법책이었는데 아빠가 영어를 공부하는 데 아주 큰 도움을 주었지. 어른이 되고 나서야 그의 『신 영문법』이 옥중에서 쓴 책이라는 사실을 알게 되었어. 커치화는 정부를 비판하는 글을 발표했단 이유로 감옥에 갇혔었단다.

그러니 커치화의 부인은 혼자서 아이들을 키워야 했어. 그녀가 그 시절에 가장 힘들었던 건 아이들에게 아빠가 왜 감옥에 갔는지를 설명하는 일이었다고 한다. 마음속에서 우러나는 신념대로 아이들에게, "아빠는 잘못한 게 없어. 정부가 잘못한 거야."라며 아빠를 가둔 정부가 잘못됐다고 알려줘야 하는 걸까? 하지만 이렇게 말했다가 아이들이 법을 존중하지 않고 정부와 사회에 적의를 품으면 어떡하지? 아이들이 남들처럼 사회에 적응하지 못하고 심지어 차별이나 처벌을 받게 되면 어떡하지? 차라리 강력한 사회 가치에 굴복하고, "아빠는 잘못을 저질러서 갇힌 거야."라고 말해줘야 할까? 하지만 이렇게 말하면 아이들이 어떻게 아빠를 존경하고 존중할 수 있을까? 그리고 아이들은 아빠가 '범죄자'라는 부담감과 열등감을 어떻게 극복해야 할까?

이건 굉장히 어려운 문제야. 개인의 신념과 사회의 모범답안이 다를 때 반드시 마주하게 되는 난제란다. 아빠는 뚜렷한 아빠 자신의 신념이 있고, 많은 부분에서 일반인들의 생각과는 맞지 않을 때가 있어. 나 혼자서는 결연하게 독립적으로 사고하고 독립적으로 판단하면서 살 수 있지만 내 아이는 어떻게 가르쳐야 하는 걸까? 아이에게 모범답안을 받아들이라고 해야 할까, 아니면 내 독립적인 판단을 받아들이라고 해야 할까?

아빠는 20년 전에 벌써 이 문제를 의식하고 있었어. 지금 아빠의 상황은 커치화 부인의 상황에 비하면 사소하고 하찮지만, 그래도 막상 실제로 닥치니까 당황스럽구나.

너는 아빠를 시험했어.

"'바로크 시대'는 몇 년도에 끝났게?"

아빠는 말했어.

"바로크 시대는 딱 몇 년도에 끝난 게 아니야. '시대'는 단지 우리가 스타일의 변화를 쉽게 묘사하기 위한 개념일 뿐이지. 몇 년도에 시작하고 몇 년도에 끝난다는 식의 정확한 선은 없어. 교과서하고 시험지 좀 가져와 봐. 교과서에는 바흐가 1750년에 세상을 떠나면서 바로크 시대가 끝났다고 쓰여 있구나. 그래서 시험에서 '바로크 시대'가 몇 년도에 끝났냐고 물어본 거구나. 그럼 '1750'년이라고 대답해야겠네."

너는 장난스럽게 아빠한테 경고했어.

"이런 것도 모르면서 아무렇게나 글을 쓰다니!"

아빠는 그저 쓴웃음을 지을 수밖에 없었단다. 마음속의 모순된 고민을 어떻게 표현해야 할지 몰랐거든. 이 답안에 동의하는 척해서 네가 시험 볼 때 마음 편히 모범답안을 적고 좋은 성적을 받도록 해야 하는 걸까, 아니면 정직하게 역사와 음악사는 이런 식으로 공부하면 안 된다고 알려주고 선생님의 문제와 정답이 논리적으로 얼마나 잘못됐는지 짚어줘야 할까?

아빠는 너를 이해시키지 못할 수도 있어. 그리고 너는 시험 볼 때 헷갈려서 답을 고르지 못할 수도 있지. 아빠는 이런 위험을 감수하고 아빠의 지식적 입장을 견지해야 하는 걸까? 아니면 앞으로 네가 잘못된 역사 관념을 안고 살아갈 위험과 네가 진실

대신 모범답안에만 신경 쓰는 위험을 감수하고 침묵을 지킨 채
'1750'년이 정답이라고 받아들이는 척해야 할까?

정말로 어려운 선택이야. 아빠는 명확하게 아빠의 입장을 선택
할 수 없어서 하는 수 없이 애매하게 말했어.

"음, 세상에는 원래 내가 모르는 일이 많은걸!"

베이푸 농원에서 직접 만든 대나무 매미.
총 세 개를 만들었는데,
네가 만든 게 어떤 건지는 벌써 까먹었단다.

3분의 1이 전갈자리

11월에 들어서자 너는 반 친구들의 생일을 반복해서 세기 시작했어. 3일 연속 친구 세 명의 생일이 있고, 하루 건너뛰면 또 다른 친구의 생일이 있고, 그 이틀 뒤는 너의 생일이지. 학급에는 28명의 학생이 있는데 놀랍게도 3분의 1이 넘는 학생들이 11월에 태어났어. 바꿔 말하면 3분의 1이 넘는 학생들이 모두 전갈자리인 거야.

보아하니 정말로 별자리를 믿지 않을 수가 없겠구나. 대부분의 별자리 책에 전갈자리는 무대재능이 있다고 분명히 쓰여 있지. 전갈자리는 무대를 좋아하고 공연과 박수를 즐긴다고 말이야. 혹시 이런 별자리의 특성 때문에 너희 음악반에 전갈자리 아이들이 그렇게 많이 있는 걸까? 너희가 음악을 배우는 과정에서 연주는 아주 중요한 부분을 차지하잖아. 연주는 일종의 공연이고, 너희는 무대에서 음악을 정확하고 효과적으로 관중에게 전달하는 법을 배워야 하지.

그런데 별자리 외에 또 다른 원인이 있을 수도 있단다. 아빠가 좋아하는 미국 작가 말콤 글래드웰(Malcolm Gladwell)은 일찍이 미국 프로 아이스하키 선수의 절반 이상이 1,2,3월에 태어났다는 사실을 발견했단다. 그는 그 이유를 별자리에서 찾진 않았어. 대신 그 사람들이 성장 과정에서 겪었던 경험들을 조사하면서 그들이 어떤 결정적인 이유로 아이스하키를 선택했는지를 살펴봤지.

그는 아이스하키 선수들 중의 대부분이 어렸을 때부터 스케이트를 타는 데 특별한 재능을 보였단 사실을 발견했단다. 그들은 대여섯 살 전부터 스케이트를 타기 시작했고 단체 스케이트 경험도 있었어.

글래드웰은 이 자료들을 정리해서 한 가지 재미있는 결론을 이끌어냈어. 이 사람들의 성과와 그들이 연초에 태어났단 사실에 밀접한 관계가 있다고 말이야. 그들은 동갑 중에서 가장 큰 아이들이었거든.

어렸을 때는 몇 개월이라는 시간 차이가 굉장히 크단다. 미국의 학제는 출생년도를 기준으로 구분하지. 바꿔 말하면 반에서 가장 나이가 많은 건 그해 1월에 태어난 아이들이고, 가장 어린 건 그해 12월에 태어난 아이들이라는 얘기야. 대여섯 살의 어린

애들에게 거의 1년에 가까운 차이는 성장에 아주 뚜렷하게 반영되지. 연초에 태어난 아이들은 상대적으로 능력이 뛰어나고, 스케이트 같은 운동을 접했을 때도 상대적으로 빨리 배우며 뛰어난 활약을 보인단다. 이를 통해서 그 아이들은 상대적으로 강한 자신감을 얻게 되고, 이 성취감과 자신감이 그들이 스케이트나 아이스하키에 대한 열정을 계속 품을 수 있도록 돕는 결정적인 에너지가 되어 주는 거야.

타이완의 학제 구분은 미국과 달라. 타이완에서는 같은 학년에서 9월에 태어난 아이가 가장 나이가 많고, 이듬해 8월에 출생한 아이가 가장 어리지. 너의 반 친구들은 보통 대여섯 살 때 악기를 배우기 시작했어. 같은 학년 아이들의 학업 진도나 성과를 비교해 보면 일반적으로 남들보다 몇 개월 빠른 애들이 상대적으로 우세하지.

학업 진도든 시합 성적이든 몇 개월 먼저 태어난 아이들은 상대적으로 좀 더 나은 점수를 얻게 되고 비교적 안정적인 자신감을 갖게 된단다. 그래서 실패 때문에 포기하는 일이 상대적으로 적어. 성취감과 자신감을 통해 열정을 불태우고 더 높은 성취감과 더 큰 자신감을 만들어 내는 건 세상 어디에서나 통하는 인류의 일반법칙이란다!

반 친구들의 생일이 이 무렵에 집중되어 있는 것도 부분적으로는 이런 이유가 있을 거야. 물론 그 이유는 왜 9월, 10월에 태어난 아이들이 11월에 태어난 아이들보다 적은지는 설명해 주지 못하지. 그렇다면 역시 이건 별자리 때문이라는 가능성을 배제할 수 없겠지?

네게 가장 익숙한 이미지, 바로 흑백건반.
베이징 '798' 예술구의 가짜 피아노 건반마저
네게 편안함을 주었어.

싸움은 없고 때린 사람과
맞은 사람만 있다

그날 너는 갑자기 내게 물어봤어.

"아빠는 어렸을 때 싸운 적이 있어?"

아빠는 웃으면서 대답했지.

"없어."

아빠가 예상했던 대로 엄마가 옆에서 아빠를 노려보며 말했지.

"없을 리가 없잖아요!"

아빠는 설명했어.

"진짜로 싸움은 없었어. 그냥 때린 사람이랑 맞은 사람만 있었지. 상대편에 사람이 많으면 맞는 거고, 우리 편에 사람이 많으면 때리는 거야. 아빠는 단거리 달리기를 연습했기 때문에 뛰는 게 빨랐거든. 그래서 맞는 경우는 드물었어."

맞는 일이 드물다고는 해도 아예 없지는 않았단다. 한번은 톈공(天宮) 도서관에서 나와서 집까지 걸어가려는데, 원수는 외나무다리에서 만난다고, 창경(長庚) 병원 근처에서 따퉁(大同) 중학교 학생 세 명과 마주친 거야. 도망가기엔 이미 늦었고 꼼짝없이 병원 뒤편의 쓰레기통 옆에 갇히고 말았지. 책가방은 내동댕이쳐졌고, 그 중 한 명이 펄쩍 뛰더니 발로 내 배를 걷어찼어. 또 다른 녀석은 내 뺨을 때렸지. 아빠가 잽싸게 안경을 벗은 게 다행이었어. 대략 1,2분 동안 그 녀석들은 소리쳤어. "

신싱(新興) 중학교 녀석, 잘난 체하기는. 오늘 너 죽었어!"

그때 근처 가게에서 누군가 고함을 질렀어.

"지금 뭐 하는 거야!"

그 고함 소리가 너무 커서 녀석들은 깜짝 놀라 도망치고 말았지. 다행히 아주 심하게 맞지는 않았단다. 하지만 집에 돌아가는 길에 아빠는 온몸이 떨렸어. 아주 심하게 떨었지. 조금 이따가 그 세 명이 다시 나타나서 아빠 앞을 막아설 것만 같았거든. 짧은 거리였는데도 아빠는 집으로 가는 그 길이 너무나 멀게 느껴졌단다.

사실 아빠가 나중에 마음을 바로잡고 이런 싸움에 휘말리지 않게 된 이유는 바로 아빠가 두들겨 맞았던 경험 때문이야. 아빠는 맞는 느낌을, 그 공포스런 느낌을 계속 기억하고 있었어. 그래서 아빠가 남을 때리는 것도 전혀 즐겁지가 않았지. 맞는 사람의 표정과 동작을 보면 아빠 자신이 맞았던 기억이 떠올랐어. 아빠도 저렇게 불쌍했구나. 아빠도 저렇게 비참했구나.

그건 조금도 재미가 없었어. 재미가 없으면 즐거움도 없는데 뭐 하러 이런 일을 계속해야 하겠니? 때리든 맞든 둘 다 전혀 멋지지 않았어. 진짜 싸움은 그렇거든. 상상 속에서처럼 싸움으로 승패를 겨루는 그런 영웅적인 모습은 없어. 우리는 싸움을 할 때 보통 누가 이기고 누가 질지 이미 알고 있었거든. 만약 양쪽의 세력이 엇비슷해서 누가 이기고 질지 알 수 없을 때는 오히려 싸움이 쉽사리 일어나지 않았지.

이것이 아빠가 "싸움은 없었어. 때린 사람과 맞은 사람만 있었어."라고 말한 이유란다. 누군가를 때리면서 자기가 굉장히 용감하다고 느끼고 쌓였던 불만을 쏟아내는 건 굉장히 중독성 있는 일이야. 하지만 입장을 바꿔서 자기가 맞는 사람이 되면 재미가 없지. 맞을 때만 재미없는 게 아니라 사람을 때린다는 행위 자체가 재미없어지는 거야.

때리는 걸 좋아하는 사람은 맞은 적이 없는 사람이란다. 그들은 상대방의 느낌을 이해할 수 있는 기회가 없었거든. 그래서 신나게 때리면서 거기에서 즐거움을 얻을 수 있는 거야.

아빠는 때리는 기분과 맞는 기분을 모두 맛봤다는 사실을 다행으로 생각한단다. 아빠는 왜 사람을 때리고 괴롭히는지 이해할 수 있어. 그리고 맞거나 괴롭힘을 당하는 게 얼마나 괴로운 일인지는 더 잘 알고 있지. 주먹질하기 전에 맞는 사람의 느낌이 어떨지 알 수 있다면 대부분의 사람들은 더 이상 주먹질을 할 수 없을 거야. 이건 아빠가 직접 얻은 교훈이란다.

그래서 처지를 바꿔 상대방의 입장에서 생각하고 느끼는 게 중요한 거란다. 아빠가 네게 자주 이런 질문을 하잖니?

"그렇게 말하면 그 말을 듣는 사람이 어떻게 생각하겠니? 이런 일을 하면 상대방이 어떤 느낌일 거 같니?"

이것은 내게 있어서 생활 속 실수를 줄일 수 있도록 이끌어주는 가장 중요한 원칙이란다.

네가 처음으로 카메라를 들고 사진을 찍었던 날,
굉장한 성취감이 있었지.
비록 그때 넌 아직 젖니도 안 났지만 말이야.

『천지일사구』를 증명하다

마츠시마(松島)는 일본 미야기 현 해변에 있는 아름다운 휴양지란다. 센다이에서 동북본선 기차를 타고 가면서 열차 안에 일률적으로 빨간색과 초록색, 주황색을 칠한 줄무늬를 보았어. 그 모습이 편의점 '세븐 일레븐'을 연상시켰지.

우리는 농담으로 말했어.

"'세븐 일레븐' 전용 열차를 탔구나!"

담소를 나누는 사이에 기차는 산굴로 들어갔다가 다시 나왔어. 그 순간 눈앞이 탁 트이면서 짙푸른 하늘과 바다가 모습을 드러냈단다. 바다 위에는 크고 작은 바위섬들이 흩어져 있었어. 기차가 달리는 순간순간 경치가 수시로 변했지. 와, 이래서 마츠시마를 '일본 3경'으로 꼽는 거구나!

이튿날 우리는 배를 타고 바다로 나가 이백 육십 개가 넘는 연해 섬들 사이를 한 바퀴 돌아봤어.

부두 근처 해수면에는 큰 무리의 갈매기가 빼곡하게 모여 있었어. 배가 부두를 떠나면 갈매기들이 소란을 피우며 날아올라 배를 따라왔지. 심지어 배 안으로까지 들어와서 보기 드문 풍경을 만들었어.

알고 보니 갈매기의 이런 행동은 오랜 훈련이 만들어낸 것이었단다. 배에서는 '새우깡'과 비슷한 과자를 팔고 있었어. 승객들은 과자를 사와 선미(船尾)에서 갈매기에게 던져 주었지. 그래서 갈매기들이 벌 떼처럼 몰려온 거야. 갈매기는 선천적으로 우수한 시력을 타고나서 배에서 던진 과자를 신속하게 해수면에서 받아먹을 수 있을 뿐만 아니라 정확하게 승객의 손에 있는 과자를 낚아챌 수도 있단다.

승객들에게는 배를 타는 즐거움이 하나 더 늘었어. 과자 한 개를 집어 손을 뻗으면 갈매기가 갑자기 나타나서 순식간에 과자를 물어가는 걸 볼 수 있었지. 게다가 카메라로 그 신기한 장면을 포착하기도 했어.

출항하고 나서 10분 동안 다들 갈매기를 먹이느라 바빠서 주변의 웅장하고 아름다운 풍경을 보는 것마저 잊었지. 한참을 먹이고 나서야 너의 대부(代父)님이 한 가지 사실을 발견하셨어. 하늘에서 내려와 사람들 손에 있는 과자를 성공적으로 낚아채는 건 대부분 덩치가 큰 갈매기라는 걸 말이야. 상대적으로 덩치가 작고 어린 새들도 배를 따라다니며 날고 있었지만 그 갈매기들은 승객들이 손에 쥐고 있는 음식을 거의 뺏어먹지 못했어.

아빠는 이 모습을 자세히 관찰하다가 한 가지 사실을 발견했단다. 갈매기들이 배를 따라다니며 나는 건 쉽지만 배에 바짝 붙는 건, 특히 배가 빠른 속도로 이동할 때 정확하게 급하강해서 음식을 물고 재빨리 날아가는 건 어렵다는 걸 말이야. 아빠는 수많은 갈매기가 몇 번이고 되풀이해서 해풍에 날려가는 모습을 보았고 또 수많은 갈매기가 하강하려는 순간 기류에 밀려가는 모습도 보았어. 그리고 수많은 갈매기가 음식 가까이 내려왔다가도 배에 부딪히지 않으려고 어쩔 수 없이 방향을 돌려 날아가는 모습도 보았단다.

아빠는 깨달았지. 이건 당연한 일이 아니야. 강한 날개와 민첩한 반응, 뛰어난 비행 능력과 오랜 경험이 있어야만 갈매기는 순간적으로 먹을 것을 낚아채는 동작을 완성할 수 있는 거야. 아직 완전히 성숙하지 않은 젊은 갈매기들이 이런 동작을 해낼 수 없는 것도 무리는 아니지.

그 후 우리의 배는 방향을 바꿔 맞바람을 맞으며 항해했어. 승객들이 아무리 열정적으로 과자를 쥔 손을 내밀어도 갈매기는 내려오지 않았지. 갈매기들은 안 온 게 아니라 못 온 거야. 바람이 너무 강해서 그들이 비행을 통제할 수 있는 한계를 넘어섰거든.

그때 나는 알았어, 아빠가 이렇게 갈매기를 관찰할 수 있는 건 어렸을 때 『천지일사구(天地一沙鷗)』를 읽었기 때문이란 걸. 『천지일사구』는 갈매기를 주인공으로 해서 갈매기가 어떻게 비상 기술에 정진하는지를 묘사한 독특한 소설이란다. 비록 오랜 시간이 흘렀지만 『천지일사구』를 읽었던 경험은 생각지도 못한 상황에서 아빠가 갈매기를 재인식하고, 이로써 더욱 세밀하게 이 세계를 관찰할 수 있도록 도와주었어. 정말 아름다운 일이 아니니?

　아빠는 타이베이로 돌아가면 『천지일사구』를 찾아서 네게 읽어 주기로 결심했어. 아빠는 네가 어린 시절 폭넓게 독서하는 습관을 길러서 미래에 이 세계와 더욱 섬세한 관계를 맺을 수 있는 능력을 쌓기를 바라거든.

순식간에 사라져 버린
아름다운 풍경

우리는 내년에 다시 한 번 일본 여행을 가기로 약속했었어. 센다이(仙臺)·마츠시마(松島)·긴잔(銀山)·자오(藏王), 이 네 지역은 우리에게 아름다운 추억을 남겨 주었어. 아빠는 한동안 마츠시마에서 새벽에 창문을 열고 바라본 해수면의 설경을 휴대폰 바탕화면으로 설정해 놓았지.

한 달 전에 일본에서 돌아와 이 지역들을 또다시 가봐야겠다고 생각했을 때, 만약 누가 우리에게 이 아름다운 풍경들이 사라질 수도 있다고 말했다면, 우리는 분명 말도 안 되는 헛소리라고 생각했을 거야. 하지만 지금, 이 말도 안 되는 헛소리가 슬픈 현실이 되어 우리 앞에 닥쳐 있단다.

일본의 지진과 해일, 핵 재난 대참사는 우리가 얼마 전에 다녀

온 동북지역에서 발생했어. 원자력발전소가 있었던 후쿠시마는 우리가 센다이에서 도쿄로 되돌아오는 길에 있었지. 우리는 그곳에서 하룻밤 묵고 주변을 돌아볼 생각까지 했었어. 한편 마츠시마는 바닷가에 있었지. 그날 점심에 바다가 보이는 식당에서 맛있는 굴을 먹던 장면을 되돌아보면 아빠는 해일의 검은 파도가 덮쳐오는 거대하고 무서운 장면이 보이는 것 같단다.

　그 식당은 아마 무사하지 않겠지. 우리 시중을 들었던 종업원들은 제때 도망쳤을까? 우리는 슬프게 서로의 생각을 나눴어. 그리고 우리가 마츠시마에서 묵었던 여관은 지진과 해일을 무사히 넘겼을까? 우리는 언덕을 올라 여관까지 걸어갔던 적이 있어. 그때는 그 길이 굉장히 길다고 느꼈는데 지금은 오히려 그 길이 더 길었기를 바라고 있단다. 여관이 좀 더 높은 곳에 있었다면 재난에서 살아남을 수 있는 확률이 좀 더 높지 않았을까 싶어서 말이야.

　며칠 동안 우리는 마츠시마에 대한 소식을 찾아다녔어. 뉴스에는 히가시마츠시마(东松岛) 시의 사망 숫자는 있었지만 마츠시마의 정확한 상황에 대한 보도는 찾을 수가 없었지. 하는 수 없이 낙관적인 방향으로 상상하는 수밖에 없었어. 마츠시마는 지리적으로 해만의 낮은 곳에 위치해 있고 해안선 앞에는 이백 개가 넘는 크고 작은 섬들이 있으니까 해일의 위력을 일부 늦추고 막아내지 않았을까 하고 말이야.

　신문을 뒤지다가 우연히 자오에 대한 짧은 보도를 발견했단다.

자오에는 '수빙'이라는 유명한 기관(奇観)이 있는데, 이것은 자오의 특수한 환경과 풍향이 만들어낸 경관이지. 그런데 기사에서는 지진이 일으킨 지형변화 때문에 올해는 '수빙'을 볼 수 없을지도 모른다고 했어. 자오는 저 멀리 야마가타 현(山形县)에 있어서 바다로부터 몇 백 킬로미터나 떨어져 있는데도 이렇게 큰 영향을 받은 거야! 다시 생각해 보니까 자오에 그렇게 큰 지리적 변화가 생겼다면 똑같이 야마가타 현에 있는 긴잔온천은 변함없을 거라고 누가 장담할 수 있겠니? 지층 구조가 아주 조금만 이동해도 온천의 근원지와 온도, 온천의 질이 금세 달라질 거야. 온천이 없어지면 긴잔의 그 역사적 풍모를 간직한 작은 골목이 여전히 계속 살아남을 수 있겠니? 고작 한 달이라는 시간 동안, 그때 우리가 당연히 계속 존재할 거라고 믿었던 역사적 명소가, 영원히 존재할 줄 알았던 자연 경관이 전부 달라져 버렸어. 이 일은 내게 십 몇 년 전 '921' 대지진의 '산사태'가 기존에 존재했던 촌락을 삼켜 버렸던 끔찍한 경험을 떠오르게 했단다.

우리는 수많은 가설에 기대어서 일상생활을 해 나가고 이러한 가설을 통해 미래를 준비하지. 가설에 기댄 시간이 길어지면 그만 이 가설들이 단지 가설일 뿐이라는 사실을 잊게 된단다. 하지만 언젠가는 분명히 알게 돼. 가설은 순식간에 뒤집어질 수 있다는 것과, 우리는 결국 현실과 마주해야 한다는 사실을 말이야.

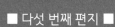

딸에게 쓰는 연애편지

■ 다섯 번째 편지 ■

네 곁에서 너 대신
기억하는 행복

어떤 사진이 좋을까?

6학년 개학을 한 지 얼마 안 됐는데 너희 반에는 남들보다 이른 졸업 분위기가 돌았어. 내년 3월, 너희에겐 성대한 졸업 음악회가 있지. 정식 음악회에 필요한 프로그램 안내장에는 너희의 칼라 사진이 있어야 해. 그래서 너희는 필요한 시간을 신중하게 계산해서 11월 말부터 모두가 스튜디오에서 예쁜 프로필 사진을 찍을 수 있도록 스케줄을 짰지.

이 기간 동안 너는 걸핏하면 흥분상태가 되어 마음을 가라앉히지 못했어. 너는 반 친구들이 차례를 기다려 예복을 고르고, 예복을 고치고, 사진을 찍고, 사진을 고르고, 사진을 찾는 모습을 관심과 호기심에 찬 눈으로 바라보면서 네 자신의 프로필 사진이 어떤 모습일지도 생각해 보았어.

아빠는 궁금해서 네게 물었지.

"너는 어떻게 찍었으면 좋겠니?"

"당연히 예쁘게 찍어야지!"

너는 조금도 주저하지 않고 대답했어.

아빠는 또 물었어.

"그런데 사진이 예쁘긴 한데 너랑 안 닮았으면 어떡하지?"

이번에는 아까처럼 빨리 대답하지 못했어. 네 손에는 재작년 음악반 프로그램 안내장이 들려 있는데, 엄마는 그 중 한 선배를 가리키면서 그 아이가 제일 예쁘다고 말했지. 그때 너는 우리에게 알려줬어.

"그런데 사진이 그 언니랑 하나도 안 닮았어. 우리 모두 그게 그 언니인지 못 알아봤거든!"

이런 상황이 분명히 있을 텐데, 그럼 어떡하지?

너는 잠시 생각해 보더니 말했어.

"내 생각에는 나랑 닮아야 할 것 같아. 적어도 친구들이 나인 줄은 알아야지. 안 그러면 린즈링(林志玲, 타이완의 여자 영화배우—역자 주)한테 가서 대신 찍어 달라고 하고 그게 나라고 해도 되잖아!"

말을 마치고 나서 너는 깔깔대며 웃기 시작했어. 엄마가 네가 한 말을 고쳤지.

"그럴 거면 린즈링한테 갈 필요도 없이 그냥 린즈링의 아무 사진이나 갖다 넣으면 되겠네."

"그럼 린즈링보다 더 예쁜 사진을 찾을 수도 있을 걸."

결국 화제는 린즈링이 과연 예쁜지 안 예쁜지, 얼마나 예쁜지로 바뀌어서 너와 엄마는 이 문제에 대해 열띤 토론을 시작했어. 사진을 다 찍고 나서 우리는 같이 컴퓨터를 보면서 사진을 골랐지. 너는 사진이 잘 나온 걸 확인하고 안도의 한숨을 내쉬었어. 유일한 불만이 있다면, 사진 속의 네 오른쪽 눈이 왼쪽 눈보다 눈에 띄게 작게 나온 것이었지.

너는 혼란스러워하며 물었어.

"평소에 엄마아빠가 볼 때도 내가 이런 모습이야?"

그래서 아빠는 대답했지.

"그렇게까지 눈에 띌 정도는 아니야!"

너는 질문을 계속했어.

"그러면 왜 사진이 평소랑 다르게 보이는 거야?"

"왜냐하면 평소에 우리는 움직이는 상태에서 너를 보잖아. 네 얼굴에도 표정이 있고, 몸에도 동작이 있고. 하지만 사진은 사람을 꽁꽁 얼려서 가만히 있는 상태로 만드니까 느낌이 다르지."

너는 조금 생각해 보더니 이렇게 제안했어.

"오른쪽 눈을 좀 더 크게 수정해 달라고 하면 오히려 사람들이 평소에 보는 나랑 더 비슷하게 보지 않을까? 안 그래?"

아빠는 확신하며 말했어.

"맞아! 그럴 거야."

너는 안심했어. 네 자신이 좋아하는 모습을 인화할 수 있고, 또 그 모습이 너를 닮지 않을 리도 없으니까.

너희 세대는 어려서부터 복제된 영상 속에 살면서 셀 수 없이 많은 사진을 찍어 봤고, 사진 속 자신의 모습도 셀 수 없이 많이 보았지. 사진이 너무 많고 흔해서 너희는 그 중 어느 사진도 제대로 꼼꼼하게 본 적이 없었을 거야. 그리고 사진 속의 모습과 현실의 관계에 대해서도 진지하게 생각해 본 적이 없었겠지.

보아하니 너는 이번에 신중하게 사진을 찍으면서 깊이 생각해 보게 된 것 같구나. 사진 속에 보이는 건 도대체 뭘까? 사진과 자신의 관계는 또 무엇일까? 평소의 나는 다른 사람들 눈에 어떻게 보일까? 우리는 다른 사람이 나를 어떻게 보기를 원할까 등등.

아빠는 네 눈 속에서 새로운 당혹감을 보았어. 아빠는 이 질문들이 네 머릿속에서 맴돌기 시작한 걸 눈치 챘단다. 알고 보니 프로필 사진을 촬영하는 데도 이런 성장의 의미가 담겨 있구나.

아빠는 울지 않을 거야

졸업 음악회를 위한 너의 프로필 사진을 촬영하는 김에 우리 가족은 겸사겸사 '가족사진'을 찍었어. '가족사진'이라고 해 봤자 세 명에 불과하지만, 그 전에는 이렇게 정식으로 다 같이 사진을 찍어 본 적이 없었지. 촬영할 때 네가 마지막으로 입었던 예복은 전체가 새하얀 롱 스커트였어. 메이크업을 해주시는 분이 즉흥적으로 조그만 흰색 베일을 네 머리 뒤에 꽂아 주셨지. 아, 그 모습은 마치 웨딩사진을 찍는 신부 같았단다.

그때 네 모습을 보고 사진기사가 사진을 찍으면서 자기가 겪었던 일을 얘기해 주었어. 며칠 전에 어떤 신부가 웨딩사진을 찍는 김에 가족들을 불러 함께 가족사진을 찍었는데, 다들 활짝 웃어 주어서 촬영이 아주 순조로웠다고, 그야말로 행복한 가정의 모범이었다고 말이야. 그때 사진기사는 사진을 찍으면서 아무런 생각 없이 말했지.

"아주 좋아요. 따님이 결혼하니까 아주 기쁘시죠?"

뜻밖에도 사진기사의 말이 끝나기가 무섭게 렌즈 속으로 아빠의 얼굴색이 변하더니 금세 눈에서 눈물이 흘러나오는 게 보였어. 사진기사는 고개를 돌려 나를 놀렸지.

"따님이 시집갈 때 선생님도 분명히 우실 거예요!"

아빠는 단호하게 고개를 저으며 말했어.

"안 그럴 거예요."

사진기사는 믿지 않았어.

"큰소리치는 건 쉽지요!"

네 엄마도 옆에서 맞장구치며 나를 놀려댔지.

"지금은 강한 척해도 그때가 되면 분명히 펑펑 눈물을 쏟을 걸요."

아빠는 별 수 없이 계속 고개를 저으며 아무 말도 하지 않았어. 아빠가 무슨 말을 해도 그들은 믿지 않을 게 분명했거든. 하지만 아빠는 마음속으로 잘 알고 있었어. 그날이 왔을 때 아빠가 눈물을 흘리지 않을 거란 사실을 말이야.

아빠는 절대로 강한 척하는 게 아니야. 아빠는 지금껏 눈물이 연약함의 상징이라고 생각해 본 적이 없단다. '남자는 가볍게 눈물을 흘리지 않는다'와 같은 가치관은 더더욱 가지고 있지 않아.

아빠가 눈물을 흘리지 않을 거라 확신하는 이유는 아빠가 아빠라는 역할을 이해하고 견지하기 때문이지.

아빠의 책임은 바로 너를 지지하고 네가 스스로 선택한 행복을 추구하도록 돕는 일이라고 생각해. 아빠는 맡은 바 임무를 다하는 '도우미'이지, 네가 어떻게 행동하고 어떻게 선택할지를 결정하는 '지휘관'이 아니야. 결혼이 얼마나 중요한 선택이니. 긴 시간 동안 그 결혼생활을 해나가야 하는 사람은 아빠가 아니고, 네 엄마도 아니고, 바로 네 자신이란다. 그러니 네가 네 자신의 선택을 믿고 행복에 대한 확신을 갖는 것이 가장 중요하지.

괴로우려고 결혼하는 사람은 세상에 없겠지? 아빠의 입장에서 아빠가 해야 하고 할 수 있는 일은 네게 이 사실을 알려주는 거야. 너는 오직 한 가지 경우에만 또 다른 사람과 장기간의 공동생활을 선택해야 한단다. 바로 그게 너에게 더 큰 즐거움을 가져다 줄 수 있는 경우에 말이야. 네가 그전까지 우리와 생활하고, 혼자서 생활하면서는 경험하지 못했던 즐거움을 말이야. 그게 아니라면 너는 이런 선택을 할 필요가 전혀 없지.

만약 아빠가 아빠의 책임을 다하고 아빠의 할 일을 다한다면, 너는 큰 기대감에 부풀어 기쁘게 결혼을 준비할 거야. 그리고 너의 기쁨은 분명히 아빠에게도 영향을 주어 너의 기쁨이 아빠의 아쉬움을 상쇄해 줄 거야. 아니, 아빠는 울지 않을 거야. 아빠는 너와 함께 기뻐할 거야. 너의 기쁨에서 아빠의 가장 큰 만족감과 위안을 얻을 거야.

아빠는 그게 한참 뒤의 일이란 것도, 지금 생각하기엔 너무 이르다는 것도 알고 있단다. 하지만 아빠는 네게 미리 약속하고 싶어. 그리고 아빠가 진짜로 믿는 것을 알려주고 싶어. 게다가 아빠는 아빠가 정말로 울지 않을 거라고 확신하거든!

그날 중산탕(中山堂)에서 사진을 찍는데,
절반쯤 찍었을 때 네가 나타났어.
그때 사진기사가 말했지,
"따님이 오니까 미소가 자연스러워졌네요." 하고.

남다른 이름 뒤에
숨은 특별한 이유

너와 같은 반 친구 두 명이 둥우대학교(东吴大学) 송의팅(松怡厅)에서 연합 음악회를 열었어. 광고지와 포스터를 위해서 네 대부님이 멋지게 서예 글씨를 써 주었고, 바오친 아줌마는 디자인을 도와주셨지. 인쇄되어 나온 전단지는 정말 훌륭했어. 전단지 위에는 너희 세 명의 이름이 쓰여 있었지.

'리치루이(李其叡), 황용위(黄咏雩), 차이윈디(蔡昀昀) 연합 음악회'.

아빠는 원래 별 생각이 없었는데 전단지를 나눠주다 보니까 전단지를 받은 친구들이 거의 다 똑같은 반응을 보이더구나.

"이 글자는 어떻게 읽는 거야?"

너의 '루이(叡)', 용위의 '위(雩)', 윈디의 '윈(昀)'과 '디(昀)'를 고민하지 않고 바로 읽어낼 수 있는 사람은 드물었어.

"지금 일부러 국어 테스트 하는 거야, 뭐야?"

한 친구는 불만이란 듯이 웃으며 농담을 했어.

일부러 그런 건 당연히 아니지. 하지만 생각해 보니까 이 세 개의 이름에 읽기 힘든 글자가 들어 있는 게 순전히 우연만은 아닌 것 같았단다. 그 이름 뒤에는 적어도 우리 세대 부모들의 바람이 들어 있지.

우리는 아이의 이름을 너무 대중적이고 흔한 이름으로 짓는 게 싫었어. 그래서 아이가 태어나면 고심해서 독특한 이름을 지어 주려고 했단다. 이름은 독특해야 할 뿐만 아니라 '믿어서 손해 볼 것 없는' 전통 성명학의 '길(吉)한' 필획까지 고려해서 필획이 맞는 글자 중에서 골라야 했단다. 다른 사람과 달라야 하니까 자연스럽게 비교적 생소한 글자를 쓰게 된 거야.

우리가 이런 바람을 갖게 된 이유는 우리 세대에 흔한 이름이 너무나 많았기 때문이란다. 우리 부모님들은 아이 이름 짓는 걸 대수롭지 않게 여기셨어. 심지어 아이를 키우는 일도 대수롭지 않게 여기셨지. 부모님들은 시간이 없으셨고, 어린애한테 마음을 쓰는 일에 익숙하지 않으셨어. 예전에 키웠던 대로 남들이 키우는 대로 그냥 그렇게 키우셨지. 우리 부모님들은 아이가 훌륭하고, 남의 집 아이보다 좋은 성적을 받고, 돈을 더 많이 벌기를 바라셨지만 아이가 독특해지는 건 바라지 않으셨단다.

그래서 우리 세대 사람들은 아쉬움이 있어. 자기가 독특한 사람이 될 기회를 놓치고 부모님과 사회의 기대에 맞춰 평범한 사람이 되어버렸다는 아쉬움 말이야.

우리 세대 사람들은 진짜 자신의 모습을 펼칠 공간이 없었다고 생각한단다. 그래서 이런 아쉬움 때문에 너희에게는 아주 다른 기대를 거는 거야.

우리는 너희가 아무 특색 없는 이름 때문에 사람들 틈에서 돋보이지 않게 되는 걸 원하지 않는단다. 우리는 너희가 분명하게 자신을 표현하고 사람들 틈에서 평범하게 살지 않기를 바라지. 너희가 남들에게 분명한 인상을 남기고 남들이 너희를 인정해주길 원해.

하지만 부모가 너희에게 최대한 '흔하지 않은' 이름을 지어주었다고 해서 너희가 장래에 정말로 '흔하지 않은' 사람이 되리라곤 보장할 수 없단다. '흔하지 않은' 사람이 되려면 이름 말고도 중요한 요소가 너무 많이 있거든. 그 중에서 가장 중요한 건 너희가 성장 과정에서 자신의 개성을 수립하고, 자신의 의견을 세우고, 용감하게 판단하고, 전심전력으로 원하는 일에 몰두하는 것이지.

개성이 없는 연주자는 기술이 아무리 뛰어나고 연주가 아무리 정확해도 사람들의 기억에 남는 음악가가 될 수 없어. 당연히 사람들의 사랑을 받을 수도 없고 사람들을 매혹시킬 수도 없지. 거

꾸로, 개성과 아이디어가 있는 음악가는 그 이름이 아무리 흔하
고 외우기 어렵다 하더라도 다른 사람들은 그의 음악으로 인해
그 이름을 확실히 머릿속에 새길 수 있단다.

너의 음악회 포스터와 연주 뒷모습.
저기 네가 추울까 봐서 외투를 잠가 주는 사람은
아마 아빠겠지?

악보가 바닥에 떨어질 때

너희 세 명의 연주회는 삼중주로 영화 『여인의 향기』의 주제곡 『포르 우나 카베사(Por Una Cabeza)』를 연주하면서 시작됐어. 이 곡을 배치한 이유는 세 가지가 있었지. 첫 번째는 시작부터 세 명이 함께 등장할 수 있도록 한 것이고, 두 번째는 짧고 가벼운 곡으로 시작해서 관중들이 마음의 준비를 하고 진지하게 연주를 들을 수 있도록 고려한 것이지. 세 번째는 늦게 도착한 관중들도 상대적으로 중요하고 웅장한 작품을 놓치지 않도록 배려한 것이었어.

하지만 이런 배치는 생각지도 못한 문제를 가져왔어. 세 사람 모두 수많은 시간을 들여 독주곡을 준비하느라 삼중주를 연습할 시간이 부족했거든. 어쩌다 간신히 세 명이 모여도 까다로운 곡인 『아렌스키(Anton Arensky) 1번 피아노 삼중주』를 우선적으로 연습할 수밖에 없었지. 『아렌스키 1번』은 익히기가 아주 어려운 곡이라서 연주회 전에 너희 자신과 선생님이 안심할 수 있는 수준까지 연습하기가 아주 힘들었어. 한편 『아렌스키 1호』도 아직 제대로 연습 못 했는데 연습소곡 『포르 우나 카베사』를 연습할 시간이 어디 있었겠니?

오랫동안 음악을 배우면서 너희 셋은 모두 어느 정도 책임감을 갖게 되었어. 아빠는 아무리 힘들어도 너희가 『아렌스키 1호』를 일정 수준까지 연습해낼 거라고 믿었단다. 오히려 너희가 부담감에 허둥지둥하다가 그 쉬운 『포르 우나 카베사』를 소홀히 할까 봐 걱정이었지.

내가 걱정했던 일은 음악회에서 결국 현실이 되고 말았어. 입구의 문이 닫히고 너희는 차례로 무대 위에 올랐지. 너희는 객석을 가득 메운 관중들의 환영 박수를 받고 자리에 앉아 연주를 시작했어. 세 번째 소절이었을 거야. 세 악기의 소리가 미묘하게 어긋나기 시작하더니 음색이 서로 호응하며 변화해야 하는 부분도 놓치고 말았어. 아빠는 남몰래 이상한 표정을 지으며 마음속으로 스스로를 위로했어.

"이 곡은 짧으니까 금방 끝날 거야."

그런데 연주가 끝나기 전에 첼로를 연주하던 차이윈디 앞에 있던 악보가 갑자기 스르륵 바닥으로 떨어졌어. 윈디 눈앞의 악보받침대는 순식간에 텅 비어 버리고 말았지. 더 큰 문제는 마지막

부분의 주선율을 첼로가 이끌어가야 한다는 거였어. 첼로 소리가 없어지면 피아노와 바이올린은 절대로 그 빈자리를 대신 메울 수 없었지.

아빠는 정말 긴장했단다. 나중에 너도 긴장했었다고 말했어. '어떡하지'란 생각이 머리를 스쳤지만 그 순간 어떤 해결책도 떠오르지 않았다고 말이야. 이 일로 너와 바이올린을 켜는 황용위는 동요해서 음량과 악구를 처리하는 데 움츠러든 태도를 보였지. 그런데 놀랍게도 차이윈디 본인은 오히려 당황하지 않고 침착하고 안정되게 풍부한 감정을 담아 그 긴 부분을 외워서 첼로의 풍부한 소리로 끝까지 연주했어.

우와! 이 의외의 사고가 뜻밖에도 너희의 『포르 우나 카베사』 연주를 한 단계 끌어올렸단다.

이에 비하면 앞에서 너희가 저질렀던 실수는 더 이상 중요하지 않았어. 다들 윈디의 침착하고 자신감 있는 표정과 유창하고 자유로운 음악을 보고 들으며 마음에 새겼단다. 삼중주는 악보를 외워서 연주할 준비가 되어 있지 않다는 사실을 알고 너희를 위해 식은땀을 흘린 사람들이 특히 아슬아슬하게 고비를 넘긴 이 장면에 감동했지.

음악회가 끝나고 윈디는 몇 차례 자신의 연주를 자책했어. 하지만 아빠는 악보가 떨어졌던 순간의 침착한 대응만으로도 윈디가 대다수 또래 연주자들의 연주 능력을 초월했다고 생각한단다.

그런 침착한 대응은 각종 악기의 기술을 익히는 것보다도 배우기가 어렵고, 미래의 인생에서도 훨씬 크고 중요한 역할을 한단다.

아빠는 너도 이런 태도와 능력을 소중히 여길 수 있기를 바란다. 그러면 반드시 앞으로 오랫동안 네게 큰 도움이 되어 줄 거야.

관중들이 모두 착석하고
빛나는 무대가 오늘 밤
연주자의 입장을 기다리고 있어.
이때 너는 어떤 마음이었을까?

높은 수준을 고집한 졸업음악회

너희의 졸업음악회가 드디어 성공적으로 끝났어. 졸업음악회는 토요일과 일요일 연속 이틀 동안 오후 1시 반에서 5시까지 진행되었지. 학급의 27명은 각자 전공과 부전공 악기로 각각 한 곡씩을 연주했고 그 다음엔 학급 전체가 세 곡의 합창곡을 불렀어.

졸업음악회는 정말로 성대했어. 학급의 거의 모든 학부모가 동원되어 6개월 동안 음악회를 준비했지. 가장 먼저 예복을 고르고 스튜디오에서 사진을 찍은 다음, 포스터를 디자인하고 전단지와 프로그램 소책자를 나눠주고 또 무대를 꾸몄어. 게다가 학교의 피아노 소리가 너무 답답해서 외부에서 좀 더 나은 피아노를 빌려왔어. 음악회 경비를 넉넉히 쓰기 위해서 음악교실과 악기상에 연락해서 상인들에게 프로그램 책자에 광고협찬을 해 달라고 부탁했지.

음악회 당일에 처리해야 하는 일도 굉장히 많았어! 너희가 옷을 갈아입고 화장하고 리허설을 하는 동안 공연장에서는 조명과 음향기기를 점검해야 했지.

녹음 촬영 엔지니어가 와서 기계를 설치하고 반복해서 테스트했어. 어떤 사람은 현관홀을 관리했고 또 어떤 사람은 입구에서 손님 접대와 출입 시간을 담당했어. 또 다른 사람은 프로그램 안내장을 나눠주며 프로그램 소책자를 판매했단다. 그리고 무대 위에서는 너희의 공연 형식에 따라서 그때그때 설비가 바뀌었어. 피아노 뚜껑을 모두 다 열었다가, 반만 열었다가, 의자를 놓았다가, 커다란 실로폰을 밀고 나갔다가, 마지막에는 너희가 올라갈 합창용 단상을 갖다놓아야 했단다. 아, 그리고 프로그램 순서를 진행하는 진행자도 있었지!

아빠는 사람들의 요청으로 이틀 동안 진행자 역할을 맡았어. 솔직히 말해서 아빠는 원래 무대에는 서고 싶지 않았단다. 무대는 너희의 것인데 뭐 하러 그 자리에 어른이 올라가서 주목을 끌어야겠니? 하지만 나중에는 기꺼이 무대에 올라갔어. 왜냐하면 준비 과정에서 점차 드러난 음악회의 기본 정신이 아빠를 감동시키고 아빠 생각을 변화시켰거든. 그 기본정신은 바로 '전문성'이란다. 바꿔 말하면 너희에게 최대한 전문적인 환경을 제공해서 너희의 공연을 돋보이게 하려는 정신이지.

포스터와 프로그램 소책자는 전문가가 디자인하고 인쇄한 것이었어. 의상과 화장도 전문가의 손길로 이루어졌지. 진짜 나무를 주요 배경으로 한 무대도 전문적이었어. 촬영과 녹음도 전문적이었지. 심지어 무대 설비조차 수 년 간 악단으로 봉사한 경험이 있는 학부모가 5학년 후배들을 데리고 어떤 실수도 없도록 확실히 준비했어. 아빠도 그 성대한 행사를 위해서 아빠의 전문적인 능력을 제공하지 않을 이유가 없었단다. 학부모 중에서는 그래도 아빠의 진행 경험이 가장 풍부했으니까 사양할 수가 없었지.

왜 열두 살짜리 아이들에게 이런 공연 환경을 만들어 준 걸까? 왜냐하면 우리는 너희가 이런 환경의 영향을 받으면 책임감을 느껴서 너희의 연주가 최대한 그 환경에 부합하도록 노력할 거라고 믿었기 때문이란다. 그 누구도 일부러 너희에게 가서 뽐내거나 위협하지 않았어.

'이것 봐. 너희한테 이렇게 훌륭한 환경을 만들어 줬는데 연주를 제대로 못 하면 망신이잖아!'

이렇게 말하지 않았어. 학부모들은 그저 너희에게 우리가 생각하는 음악회의 수준을 보여 줄 뿐이었지.

그걸로 충분했어. 이틀 동안 아빠는 모든 프로그램을 진지하게 들으면서 모든 학생이 평소보다 훌륭하게 공연하는 모습을 확인했단다. 아빠가 예전에 들었던 너희의 실습 음악회 수준과는 비교가 되지 않았어. 50회가 넘는 공연 중에서 누군가 악보를 까먹는 상황도 벌어지지 않았고, 쉽게 등한시되는 디테일까지 전부 다 제대로 진행되었지.

이것은 연주회 준비로 고생한 학부모들에게 더할 나위 없이 아름다운 보답이었단다. 우리의 고집이 옳았다는 걸 증명했으니 말이야. 완벽을 추구하는 태도는 전염된다는 것을 증명했고, 품격에는 큰 힘이 있다는 걸 증명했고, 무엇보다 감동적인 음악을 만드는 유일한 방법은 바로 자존·자중(自重)·자신감으로 자기 내면의 만족을 위해 연주하는 것이란 사실을 증명했으니까.

몸속에 숨겨진 재산

'무대 위의 1분 공연을 위해 10년의 노력이 필요하다.'

많은 사람이 이 속담을 말하고, 이 속담의 의미도 알고 있지. 그러나 이 말을 아는 것과 철저히 몸으로 느끼는 건 다르단다.

너와 용위, 그리고 윈디가 함께 음악회를 열었을 때 아빠의 친구들이 무척 많이 와 주었어. 다들 네가 어렸을 때부터 너를 보아왔고 평소에도 자주 너를 보는 사람들이었지. 음악회를 듣고 나서 아빠의 친구들은 아빠와 네 엄마에게 "축하해", "대단해"란 말 외에도 하나같이 "치루이가 무대에서 피아노를 치는 모습이 굉장히 성숙해 보이더라!" 하며 굉장히 놀라워했어.

아빠는 친구들에게 설명했어. 그건 우리 딸아이가 예복을 입고, 그 전엔 신어 본 적이 없던 하이힐까지 신은 데다 얼굴에 화장까지 했기 때문에 당연히 다르게 보이는 거라고 말이야.

친구들은 너의 외적인 변화를 알아차리지 못했던 게 아니었어. 한 친구는 네가 하이힐에 익숙하지 않아서 피아노까지 걸어가서 순간 멈칫하는 모습과 그때 네 얼굴에 떠오른 귀엽고 아이다운 표정까지 보았거든.

하지만 친구들은 자기들이 놀란 이유는 겉모습 때문이 아니라 피아노 소리, 즉 너의 피아노 소리가 주는 느낌 때문이라고 고집스럽게 말했어. 피아노 소리에는 어린애답지 않은 기세와 무서울 것 없는 패기가 있었고, 너는 주위의 방해나 영향을 받지 않고 진지하게 집중해서 피아노를 연주해 나갔다고 말이야.

이런 식의 묘사를 듣자 아빠는 웃음이 나왔단다. 아빠는 이렇게 말했어.

"그건 쇼팽의 음악 때문이겠지! 치루이가 가장 먼저 연주한 독주곡이 바로 제3번 유머레스크잖아!"

너희 반의 졸업 연주회에 참가해서 이틀 동안 처음부터 끝까지 모든 학생의 연주를 듣고 나서야 아빠는 친구들이 그때 아빠에게 무엇을 알려주려고 했던 건지 깨달았단다. 아빠는 너의 음악에 너무 익숙해져 있었어. 아빠는 네가 집에서 반복적으로 연습하는 모든 곡을 들으면서 그 안의 '성숙함'을 당연한 것으로 여기게 된 거야.

아빠는 너희가 4년 동안 희희낙락 티격태격하는 모습을 보아왔어. 졸업음악회 당일 아침, 심지어 무대에 서기 전 예복으로 갈아입고 머리를 빗질하고 나서도 너희의 말과 행동은 여전히 어린애 같았지.

그런데 모든 아이가 예외 없이 무대에 올라 악기를 잡고 첫 음을 내는 순간 다른 사람으로 변했단다. 아빠가 원래 알던 그 아이가 아니라 자신감 있게 자신의 연주에 집중하는 연주자로 변한 거야. 어른이 되었다는 말이 아니라, 나이라는 표식이 없어지고, 음악에 감싸여 음악 안에서 나이를 잃어버리게 된 거야. 이 드라마틱한 '변화' 뒤에 바로 너희의 '10년의 노고'가 있었어.

'1분'은 짧은 시간 같지만 만약 장기간에 누적된 반복 연습이 없었더라면 너희는 무대에서 그 '1분'을 버티지 못했을 거야.

그 순간 아빠는 너희가 음악을 배운 게 참 다행이라고 생각했단다. 인생의 초기에 아름다운 소리에서 자아를 찾고 탐색할 수 있었으니까. 더욱 소중한 건, 인생의 초기에 자신의 본능적인 삶을 뛰어넘는 경험을 갖게 되었단 사실이지.

너희의 몸속에는 또래 아이들을 훨씬 뛰어넘는 자신감과 자존감이 있단다. 앞으로 너희가 음악을 어떻게 배우고 어디까지 배우든 간에 음악이 선사해 준 이 자신감과 자존심만은 너희의 내면에서 오랫동안 에너지가 되어 줄 거야. 몸속에 숨겨져 있는 에너지는 다른 사람은 절대 빼앗을 수 없는 너희의 자산이란다.

취소된 졸업여행

　너희의 졸업여행이 취소됐어. 너는 아주 실망했지. 솔직히 아빠도 실망했어. 단지 우리가 실망한 이유가 좀 다를 뿐이지.

　너는 오랫동안 또 한 번 반 친구들과 아침저녁으로 어울리며 오랫동안 놀기를 고대해 왔는데 그 기회를 잃게 되어 실망했어. 5학년 때는 이란(宜兰), 6학년 때는 타이중(台中)으로 외지 견학을 갔을 때 너는 굉장히 신나했지. 밖에서 하룻밤을 보내면서 잠자는 것도 잊은 채 밤새 놀았는데도 너희는 줄곧 맑은 정신을 유지했어. 너무 흥분했기 때문이지.

　아빠가 실망한 이유는 이 일의 전체 과정과 과정 속에서 드러난 아이와 학부모의 마음자세 때문이란다. 졸업여행 일정을 담당했던 학부모가 내놓은 여행계획표에는 죄다 놀이공원에 가는 일정밖에 없었어. 게다가 졸업여행 날짜도 주말이 아니라 평일이었지.

아빠와 네 엄마는 매우 놀랐어. 우리는 졸업여행에는 인생의 한 단계를 기념하는 의미가 있기 때문에 어느 정도 학습의 의미도 담겨야 한다고 생각하고 있었거든. 졸업이란 특별한 기회를 통해 아이들이 많은 것을 보고 느낄 수 있도록 하는 것, 예전에 우리가 갔던 졸업여행은 전부 이런 부분을 고려했었단다. 그런데 놀이공원에 가서 각종 놀이기구를 타는 게 대체 무슨 의미가 있겠니? 그 외에도 또 다른 문제가 있었어. 평일에 졸업여행을 가면 따라갈 수 있는 학부모가 확 줄어들 텐데, 선생님 두 분이서 어떻게 너희를 다 인솔할 수 있겠니? 게다가 놀이공원이라면 너희가 놀다가 흥분해서 사고를 일으키기 딱 좋은 곳인데 말이야!

일정을 담당한 학부모에게 물었더니 이런 대답이 돌아왔어. 일정은 여행사가 짠 것이고, 주말에 가면 돈을 더 내야 하기 때문에 평일을 택한 것이라고, 게다가 여행사에서 빨리 결정하지 않으면 숙소를 예약할 수 없다고 위협했다고 말이야. 알고 보니 이 모든 건 여행사의 말만 듣고 여행사가 너희의 졸업여행을 결정하도록 했기 때문이었어. 보아하니 여행사는 자신들이 편한 쪽으로만 생각하고, 어떻게 하면 너희가 풍부한 경험을 얻을 수 있을지는 전혀 고려하지 않았던 거야.

아빠는 재빨리 여행사의 쉬루 아주머니께 연락했어. 아주머니는 그 즉시 너희를 위해 '화둥(花东) 지식여행' 일정을 마련해 주었지. 선사시대 박물관에 가고, 원주민 요리를 먹고, 원주민 마을에서 함께 노래를 부르고, 화둥쭝구(花东纵谷)에 가고, 산과 바다를 보고……. 2박 3일 동안 너희는 대자연과 어울리면서 원주민의 문화를 느끼고 타이완의 역사도 배울 수 있었어. 게다가 이 일정이라면 기존의 예산으로 주말에 가는 것도 가능했단다.

아빠는 가까스로 졸업여행을 주관하는 학부모의 동의를 얻어서 이 일정과 기존의 놀이동산에 가는 일정을 놓고 사람들이 선택할 수 있도록 했어. 설문지를 나눠준 그날, 수업을 마치고 나오는 너의 표정이 복잡해 보였단다.

너는 담임선생님이 특별히 학생들에게 화둥여행을 추천했다고 말했어. 선생님도 아마 그게 졸업여행의 목적에 좀 더 부합한다고 생각하셨겠지. 하지만 반 친구들은 대부분 놀이동산에 가고 싶어 했어.

만약 다들 이렇게 선택했다면, 그리고 학부모도 아이에게 간섭하지 않고 아이들에게 색다른 여행 경험을 주려고 한 거라면 우리도 더 이상 방해하면 안 되겠지. 하지만 아빠는 여전히 마음속 아쉬움을 감출 수가 없었어. 왜 단조로운 놀이공원이 어린아이의 놀이 상상력을 빼앗고 자연과 인문에 대한 호기심을 잃도록 만든 걸까? 아이에게 음악반을 다니게 하는 학부모들이 왜 아이들의 인문과 예술적 시야를 넓혀 주려고 하지 않고 여행사 뜻대로 움직이는 데 만족하는 걸까?

결국에는 놀이동산에 가는 졸업여행마저 없어지고 말았어. 평일 일정에 따라갈 수 있는 학부모가 거의 없는데 선생님 두 분이 어떻게 그렇게 많은 아이를 인솔하고 안전을 보장할 수 있겠니? 기분 좋게 시작했던 일이 이렇게 흐지부지 되다니, 아빠는 참으로 실망스러웠단다.

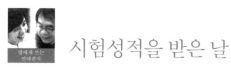

시험성적을 받은 날

시험 성적이 나온 그날은 정말 긴장되고 마음 졸이는 하루였어. 너희의 중학교 음악반 시험에는 주전공과 부전공, 시창, 받아쓰기, 음악상식, 이렇게 총 5개의 과목이 있었지. 받아쓰기와 음악상식 두 과목은 시험이 끝나면 서로 의견을 나누고 비교하면서 자기가 쓴 답이 맞았는지 틀렸는지를 대략적으로 알 수 있었지만, 나머지 세 과목은 다 여러 명의 심사위원 선생님이 현장에서 점수를 매기고 결정하는 거라서 자기가 어떤 성적을 받을지 전혀 예측할 수가 없었어. 게다가 주전공과 부전공은 사람마다 제각기 다른 악기를 고르고 심사 채점 기준이 다른데도 맨 마지막에는 성적에 따라 석차를 내서 어떤 학교에 갈 수 있는지를 결정하기 때문에 시험결과를 예측하기가 더욱 어려웠지.

시험 전후로 무성한 소문이 돌았어. 피아노 전공과 현악 전공 중 어느 게 더 점수가 높다느니, 관악기 부전공은 항상 점수가 높다느니, 현악 부전공은 아무리 잘해도 점수가 잘 안 나온다느니 등등. 이런 소문을 듣지 않을 수도 없었고 이 정보가 자기 점수에 미칠 영향에 대해서 생각하지 않을 수도 없었기 때문에 시험에 참가하는 모든 사람은 초조하고 불안해 했지.

게다가 시험이 끝나고 나서도 꼬박 열흘이나 기다려야 성적표를 받을 수 있었어. 너는 이전의 경험으로 성적표는 낮잠시간 전후에 학교에 도착한단 사실을 알고 있었지.

그날 아침, 너는 흥분과 걱정이 뒤섞인 목소리고 말했어.

"아이고. 점심시간에 대체 누가 잠을 잘 수 있겠어!"

어디 점심 낮잠뿐이겠니? 아빠가 볼 때 너희는 오전의 악단 연습과 수업에도 전념하지 못했을 거야. 그렇지?

아빠는 너를 믿었기 때문에 걱정할 필요가 없다고 생각했어. 그래도 원래 오후 1시 반에 잡혀 있던 회의시간을 30분 뒤로 늦췄단다. 네가 성적을 알게 되어 아빠에게 전화했을 때 아빠가 회의 중이면 안 되니까 말이야. 그런데 2시가 되어도 아빠는 너의 전화를 받지 못했어. 회의를 마치고 나니 3시가 넘었는데도 너의 전화는 걸려오지 않았지. 4시가 될 무렵에야 학교에 너를 데리러 갔던 엄마에게서 전화가 왔어.

"성적표가 방금 학교 경비실에 도착했어요."

예체능 담임선생님이 걸어 나와 경비실에서 성적표를 받아 가셨어. 그리고 너희를 대신해서 봉투를 하나하나 열고, 또 하나하나 기입하는 데 20분이 걸렸지. 너도 드디어 너의 성적표를 받아 들었어.

성적표를 받을 때 너의 손은 덜덜 떨렸어. 점수를 확인하고 너는 바로 엄마에게 문자를 보냈어. 손가락은 여전히 떨리고 있었지. 네 엄마가 전화로 말해 주는 점수를 듣고 나서야 아빠는 한숨을 돌렸단다. 점수는 꽤 높았어. 이 정도의 점수라면 아마 네가 1지망으로 지원한 학교에 들어가는 데는 아무 지장이 없을 거야.

아빠도 이렇게 긴장했는데, 너도 오늘 하루가 참 견디기 힘들었을 거야. 그렇지? 다시 곰곰이 생각해 보니, 우리도 어려서 크고 작은 시험을 수없이 치렀지만 이번처럼 결과를 종잡을 수 없는 성적표는 없었던 것 같구나.

사실 성적표를 받아들기 전에 우리는 대충 시험 답안과 맞춰보고 자기가 시험을 잘 봤는지 못 봤는지 어느 정도는 미리 알고 있었어. 이렇게까지 확신이 없었던 경우는 없었지.

퇴근 후 너와 만나고 나서 우리는 당연히 시험 성적에 대한 화제로 이야기를 나눴어. 반에서 누가 너보다 점수가 높은지, 또 누가 예상보다 점수가 낮게 나왔는지. 이야기를 나누다가 너는 갑자기 그때까지 밝았던 표정을 거두고 침울하게 '아' 하는 소리를 내뱉었어.

"왜 그러니?"

아빠가 물었어.

"오늘 저녁에 누가 페이스북에 '드디어 성적표가 나왔다! 해방이다!'라고 쓸까 봐 걱정돼."

네가 대답했어.

"왜 그게 걱정인데?"

"만약에 시험을 못 본 친구가 그걸 보면 분명 속상할 거 아냐!"

그 순간 아빠의 마음은 기쁨과 감동으로 가득 찼어. 너는 네 자신이 아니라 다른 사람을 걱정하고 있었던 거야. 너는 스스로를 위해 기뻐하는 동시에 다른 사람들, 즉 바라던 성적을 받지 못한 친구들의 입장을 이해하고 속상해 했어.

너는 정말 많이 자랐구나. 너는 아빠가 가장 중요하게 생각하는 귀한 능력을 갖추게 되었어. 바로 자기중심적인 태도에서 벗어나 동정심을 갖고 다른 사람을 배려하는 능력 말이야. 이건 물론 하나의 시작에 불과해. 하지만 이 시작은 너를 광활하고 밝은 인생의 길로 인도해 줄 거야!

변하지 않는 '아빠',
변화하는 역할

그 주말 동안 아빠는 가장 여유로우면서도 가장 바쁜 이틀을 보냈단다. 꼬박 이틀 동안 아무 일도 하지 않고 가족과 함께 이야기를 나누는 일이 전부였으니 어떻게 여유롭지 않을 수 있었겠니? 하지만 아무 일도 하지 않았는데도 이틀 후에 아빠는 평소보다 더 피곤했고, 편히 쉬었다는 느낌은 전혀 들지 않았어.

네가 중학교 음악반 시험을 보러 가면서 아빠 생활은 오직 운전해서 너를 시험장에 데려다주는 일만 남았어. 엄마는 너를 시험장까지 데려다주었고, 아빠는 차를 주차하고 나서 시험장에서 너를 기다리다가 시험이 끝나면 널 데리고 밥을 먹으러 가거나 집으로 돌아와서 다음 시험과목을 준비했지. 이 일이 반복됐어.

아빠는 스스로에게 말했어, 긴장할 필요 없다고. 너는 별 탈 없이 평상심을 유지하고 시험을 치렀지. 컨디션은 아주 좋았어. 그런데도 아빠는 그 이틀을 도저히 정상적으로 보낼 수가 없었단다. 책을 집어 들어도 두 줄 정도 읽고 나면 눈앞이 흐려지고 내가 대체 뭘 읽었는지도 알 수 없었어.

이틀 동안 아빠가 만난 사람들은 거의가 다른 수험생의 학부모들이었지. 이런저런 얘기를 나눠도 결국 음악교육과 시험에 대한 이야기를 벗어날 수 없었어.

차에 앉아서 네가 부전공 과목 시험을 마치고 나오기를 기다리며 아빠는 억지로 아빠 자신을 타일렀단다. 왜 이렇게 하는 일 없이 마음이 불안한 거야? 네가 시험을 망칠까 봐 걱정하는 건 아니었어. 아빠는 네가 분명히 최선을 다할 거란 사실을 믿었고, 어떤 결과가 나와도 받아들일 수 있는 마음의 자세가 되어 있었거든. 예전에 아빠가 직접 봤던 시험, 고등학교 입학시험이나 대학교 입학시험, 연구소 시험에서도 걱정하거나 긴장한 적이 없는데 네 시험을 걱정한다는 건 말이 안 되지.

왜일까? 아빠는 두 눈을 감고 빗방울이 자동차 지붕 위로 떨어졌다가 바람막이용 유리에 미끄러지는 소리를 듣다가 문득 깨달았어. 아빠를 불안하게 만든 건 시험 자체가 아니었어. 이 시험은 단지 시작, 또는 상징적인 시작에 불과했지. 앞으로 수많은 상황에서, 게다가 점점 더 많은 상황에서 너는 스스로 시험을 마주해야 해. 하지만 그 많은 시험마다 아빠와 엄마가 널 일일이 도와줄 수가 없어. 이전에는 엄마아빠가 너의 일거수일투족을 돌봐주고 도와줄 수 있었지. 하지만 미래에는 우리의 이런 도움이 더 이상 도움이 아닌 간섭으로 변하게 될 거야. 우리는 반드시 조금씩 네게서 손을 떼야만 해.

네게 도움을 주지 못한단 사실은 엄마아빠에게 있어서 짐을 더는 일이 아닐뿐더러 더 큰 문제를 가져오게 될 거야. 엄마아빠는 절대로 너에 대한 관심을 끊을 수 없어. 너의 반응과 행동을 자세히 관찰하는 일도 그만 둘 수 없을 거야. 엄마아빠에게 우리 자신의 의견이 없을 리도 없지. 하지만 엄마아빠는 더 이상 당연하게 네 문제를 가져와서 책임질 수 없고, 아무 때나 네 일에 끼어들어 엄마아빠의 생각을 말해서도 안 된단다.

아빠는 무의식중에 마음이 불안한 이유를 깨닫고 있었어. 하지만 아빠가 아빠로서 새로운 능력을 배우고 새로운 습관을 길러야 한다는 사실을 인정하는 걸 의식적으로 거부하고 또 미루고 있었지.

아빠는 아빠 자신의 의견을 표현하는 속도를 늦추는 방법을 다시 배워야 한단다. 그래야 네가 네 자신의 의견을 형성할 시간을 가질 수 있을 테니까. 아빠는 너의 곤혹과 난처함, 방황과 머뭇거림을 인내하는 법을 다시 배우고 네가 스스로 모색하는 과정을 인내해야 한단다. 설사 네가 잘못을 하더라도 그 즉시 네게 아빠의 답안과 방법을 알려줘서는 안 돼. 아빠가 그렇게 하면 너는 자신의 답안이 무엇인지, 자신의 방법이 무엇인지 알 수 없게 될 테니까.

아빠는 무의식중에 이런 변화가 쉽지 않다는 사실을 알고 있었어. 그래서 의식적으로 이 문제를 회피하고 있었던 거야. 하지만 더 이상은 생각을 미루고 현실을 마주하지 않을 수 없었지. 책임을 다하는 아빠가 되려면 아빠는 네 성장에 따라 아빠의 역할에 변화를 주어야 한단다. '아빠'라는 칭호는 변하지 않겠지만, 아빠가 만약 계속 똑같은 방식으로 너를 대한다면 이제까지 도움이 되었던 일들이 금세 쓸모없고 심지어 해가 되는 일이 되고 말 거야.

너와 엄마가 시험장에서 천천히 걸어오는 그림자를 바라보며 아빠는 속으로 몰래 너를 응원했단다. 그리고 아빠 자신을 응원했지.

"이제 여자아이가 아니라 사춘기를 맞는 딸의 아빠가 될 준비를 하자!"

프로필 사진은 지금의 너와 별로 닮지 않았어.
혹시 미래의 네 모습을 미리 보여 주는 걸까?

我想遇見妳的人生：給女兒愛的書寫 by 楊照

The Korean Language translation
© 2017 MIRAE TIMES an imprint of globooks (itembooks)

The Korean translation rights arranged with Yuan-Liou Publishing Co., Ltd.
through EntersKorea Co., Ltd., Seoul, Korea.

딸에게 쓰는 연애편지

나는 너의 인생을
만나고 싶다

초판 1쇄 인쇄   2017년 8월 05일
초판 1쇄 발행   2017년 8월 10일

지은이   양자오
옮긴이   박정원
펴낸이   박경준
편집주간   이선종
마케팅   최관호
경영지원   정서윤
물류지원   오경수
펴낸곳   도서출판 미래타임즈
출판등록   2001년 7월 2일 / 제01-00321호
주소   서울 마포구 동교로 12길 12
전화   02-332-4327
팩스   02-3141-4347

ISBN 978-89-6578-126-4